AF564300

par Ant. de Laplace

AMUSEMENS, GAYETÉS ET FRIVOLITÉS POÉTIQUES.

Par un bon PICARD.

Innocuos censura potest permittere lusus.

MART.

LONDRES.

M. DCC. LXXXIII.

LE PÈLÉRINAGE

De Saint Thomas de Cantorbery (*),

OU

LE PONT DE GARGANTUA.

ROMANCE,

Sur l'Air : *des Pendus.*

SI *Rabelais* perpétua
Les hauts-faits de *Gargantua*,
Il eſt un trait de ſon hiſtoire,
Dont ſe conſerve la mémoire
Dans les Archives de *Calais*,
Et que n'a point ſu *Rabelais.*

Saint *Thomas de Cantorberi*,
Martyriſé par un *Henri*,
Second du nom, Roi d'Angleterre,

(*) On ſait que ce grand Saint, quoique fort entêté, ayant été martyriſé par quelques Courtiſans de Henri II, Roi d'Angleterre, fit peu de tems après tant de miracles, que l'on courait de toutes parts en pélérinage à ſon tombeau.

D'un bout à l'autre de la terre,
Par les miracles qu'il faisait,
Tous les bons chrétiens attirait.

Dieu fait combien tous les chemins
Etaient couverts de Pélerins,
Avec gentilles Pélerines,
Portant bourdons & capelines!...
Mais ce qui leur semblait amer,
C'est qu'il fallait passer la mer.

En arrivant au bord de l'eau,
Point de barque, ni de bateau;
Le vent du nord, toujours contraire,
Les retenait en Angleterre.
Quelle fortune pour *Calais*,
Et surtout pour les cabarets!

Avec la solle & le gigot,
Buvant à tirelarigot,
On jeûnait au lit comme à table;
Et si d'un vent peu favorable
Plus d'un dévot se désolait,
Plus d'un gaillard se consolait.

L'un des derniers, un beau matin,
Comme il sortait d'un grand festin,

Portant les yeux ſur le rivage,
Y voit dormir un perſonnage,
Qu'à la taille énorme qu'il a,
Il juge être être *Gargantua.*

Ce coloſſe, probablement,
Rêvait bien agréablement,
Car il ſortait de ſa jacquette,
Certain joujou, non de fillette,
Et qui tellement s'allongeait,
Que juſqu'à *Douvre* (*) il atteignait.

De ce prodige, émerveillé,
Il doute s'il eſt éveillé!...
Mais ſûr qu'il n'a pas la berlue.
Bientôt volant de rue en rue,
Il annonce aux plus matineux
Ce qu'il a vu de ſes deux yeux.

Tout court, tout admire ce pont,
Mais qu'on croit moins ferme que long.
Le ſexe le moins intrépide,
Les femmes le trouvent ſolide:
Et contre un tel certificat,
Point ne ſe trouva d'Avocat.

(*) On ſait que de Calais à Douvre, il n'y a guère que ſept lieues de mer.

Bientôt tous en procession,
Touchaient aux côtes d'*Albion*,
Sans que la route fut moins stable...
Mais, par un malheur effroyable
Certain maudit coup de bourdon
Piqua le trop sensible pont!

Ce Pont d'abord, se resserrant,
Puis brusquement se retirant;
Toute la pieuse assemblée,
En trébuchant dans l'eau salée,
Chacun regrete avec effroi,
De n'être pas resté chez soi.

MORALITÉ.

Or, prions le doux Rédempteur,
Qu'il garde de pareil malheur,
Tout faiseur de pélérinage!
Et qu'avec femme, s'il est sage,
Ayant quelque pont à passer,
Celui-ci lui donne à penser.

LE BOUQUET DU PROCUREUR,

Romance Tragi-Comique.

Même air.

UN Procureur, vieux & jaloux,
De *Chloé* devenu l'époux,
En dépit de sa prévoyance,
Forcé d'aller à l'Audiance,
Laissant sa jeune épouse au lit,
A l'Audience il se rendit.

✣

A peine au Palais il était,
Qu'un jeune Clerc qui le guettait,
Sûr qu'elle partageait sa flâme,
Monte en tapinois chez la Dame.
Mais le Proverbe dit très-bien:
„ Que l'on ne doit compter sur rien!"

✣

Quoique la clef fût en dehors,
Et qu'il crût entrer sans efforts;
Il sent qu'un verroux mal-honnête,
Mis sans doute, à dessein, l'arrête...
De plus, certain bruit qu'il entend,
Le fâche autant qu'il le surprend.

✣

Ce bruit, qui ne se fait qu'à deux,
Pour lui bientôt n'est plus douteux!...

„ Le parti qu'infpire la rage,
„ N'eft pas toujours un parti fage,
„ Surtout s'il eft pris à l'inftant".
Celui du Clerc le fut pourtant.

✣

Madame, dit-il, d'un ton doux,
Je vois que monfieur votre époux,
(Que, s'il fe peut, le diable emporte!)
Entre nous deux a mis la porte....
Mais du moins, pour me confoler,
De plus près venez me parler.

✣

Chloé, qui ne fe doute pas
Qu'il ait entendu fes ébats;
Pour mieux lui marquer fa franchife,
Saute du lit, toute en chemife;
Et par certain trou, de plus près,
Lui fait paffer tous fes regrets.

✣

Ce trou, nous dit l'hiftorien,
(Car il ne doit négliger rien)
Etait celui de la ferrure.
Mais bientôt notre Clerc murmure,
Qu'il faille qu'un fi tendre amant,
Pour réconfort, n'ait que du vent.

✣

Si, pour adoucir mon chagrin,
Je touchais au moins votre main,

Belle

Belle *Chloé*, soyez certaine,
Que je porterais mieux ma peine:
Car j'aurais, malgré les jaloux,
Baisé quelque chose de vous.

✣

Pour plutôt s'en débarrasser,
Chloé se baisse, & fait glisser,
Sa main blanche par la chatiere....
A l'instant, de sa jarretiere;
Le Clerc, cessant d'être galant,
Au bras lui passe un nœud coulant.

✣

Un crochet, qu'il voit tout auprès,
Là semblait être mis exprès
Pour tenir cette main en lesse.
Jugez si la belle est en presse....
Mais ce n'est pas le seul malheur
Qu'ait à redouter sa douleur.

✣

Je voudrais peindre décemment,
Ce que le Clerc fit, méchamment,
Dans cette main qu'il tient captive.
Mais si ma Muse trop craintive,
N'ose poser sur ce cas là,
Quelque nez fin le sentira.

✣

L'époux, revenant à grands pas,
(Car jamais jaloux ne fut las!)

Le lendemain était sa fête.
Cette main l'étonne & l'arrête !...
Et vous sentez s'il eût sujet
D'être flatté d'un tel bouquet ?

✣

Mais quel surcroît d'étonnement !...
En entrant dans l'appartement
De cette épouse criminelle ;
L'amant, qui tremblait autant qu'elle,
En fuyant (pour comble d'affront)
Le culbute, & le blesse.... au front.

MORALITÉ.

Femmes des vieux & des jaloux,
S'il faut vous venger, vengez-vous ;
J'en crois la cause légitime.
Mais ayez toujours pour maxime :
„ Qu'il faut, quand on tient à l'honneur,
„ N'avoir, à la fois qu'un vengeur.

CHARLOT.

Romance mythologique, (*) *par un Marguillier de* BELŒIL.

Mineur du Vaudeville du *Tableau parlant*.

M*Omus*, rentrant aux cieux,
Un beau ſoir de Novembre,
Un enfant radieux,
Frappe ſes yeux....
„ Il ſent plus doux que l'ambre!...
„ Portons-le dans ma chambre,
(Dit-il) „ & l'on ſaura
„ Qui l'engendra".

Le lendemain matin,
La gentille figure
Du petit orphelin,
L'occupe en vain.
Piqué de l'aventure,
Tandis que le Dieu jure,
Il lit ſur le maillot:
„ Je ſuis *Charlot*".

Arrive ſur cela,
La céleſte cohorte,

(*) Pour la fête de Mgr. le Prince DE LIGNE.

(Car c'était ce jour là,
Jour de *Gala*).
Dès le ſeuil de la porte,
Tout montrant ce qu'il porte,
Momus crie, en riant:
„ A qui, l'enfant?

Tout l'Olympe agité,
Sur le poupart attache,
Un regard, enchanté
De ſa beauté;
Puis, chacun ſe l'arrache:
Mais *Junon*, qu'un rien fâche,
Lance un coup d'œil jaloux
Sur ſon époux.

Le Dieu, qui connaît trop
L'humeur de la commere,
Dans ſes bras auſſitôt
Prenant *Charlot*:
„ Sachons quel eſt ſon pere,
„ Ou tout au moins ſa mere,
(Dit-il) en ſouriant...
„ A qui, l'enfant?

Vénus, en rougiſſant,
Preſque comme pucelle,

De *Jupin* s'approchant,
Et l'embraſſant :
„ *Mars*, (dit-elle) eſt ſon pere,
„ Je devine la mere,
(Dit le maître des Dieux)
„ Il a tes yeux".

A quoi, le bon *Jupin*,
Ajouta, d'un air tendre :
„ J'adopte le Bambin ;
Mais crains *Vulcain* !
Pour ſauver tout eſclandre,
Fais qu'il renaiſſe en Flandre :
En lui déja je vois,
Son pere & toi.

Jupin ne mentit pas :
Digne fils de ſon pere,
Charlot, dans les combats,
Suivit ſes pas.
S'il tient du caractere
De madame ſa mere ;
Charlot, à tous les yeux,
N'en plait que mieux.

LE JUGEMENT DIFFICILE.

Romance, ou Pot-pourri.

Air : *Charmante Gabrielle.*

UN pere avait trois filles,
Qu'il aimait tendrement,
Toutes trois, très-gentilles,
Lorgnaient le même amant:
Chacune, en mariage
Le souhaitait.
Jugez, dans le ménage,
Quel bruit c'était!

Air : *Mr. la Palisse est mort.*

Ciel! comment les contenter?
(Dit, en soupirant, le pere.)
Je suis las de le tenter:
Allons consulter mon frere.

Air : *Stilà qu'ya pincé Bergopsom.*

Ce frere était un Magistrat,
Qui valait presque un Avocat:
Car il était, ne vous déplaise,
Le Bailli Royal de *Falaise*.

Air : *Des Pendus.*

Après avoir toussé, craché,
Et gravement s'être mouché;

Le Bailli, composant sa morgue,
Et du ton d'un gros tuyau d'orgue,
Lui dit „ mon frere, sur ce cas,
„ J'assemblerai nos Magistrats.

Air : *Ne m'entendez-vous pas.*

„ C'est demain, jour de plaids :
„ En chemises bien blanches,
„ En habits des dimanches,
„ Pour vuider ce procès,
„ Venez tous au Palais.

Air : *des Trembleurs d'Isis.*

Au bruit que fait cette affaire,
Il n'est, caillette, commere,
Il n'est fils de bonne mere,
Robins, Prêtres & bourgeois,
Qui, pour en savoir l'issue,
Ne se trémousse, ne sue,
Et jamais telle cohue,
Là, ne se vit à la fois.

Air : *Non, je ne ferai pas, &c.*

Les Magistrats rangés, l'on ouvre l'Audience :
Les Huissiers, en braillant, ordonnent le silence,
Et d'un ton imposant autant que recueilli,
A ses nieces, ainsi, s'adresse le Bailli.

Air : *Voulez-vous ſavoir qui des deux.*

„ Voulez-vous ſavoir qui des trois,
„ Du galant pourra faire choix ? ...
„ Celle qui ſaura ſatisfaire,
„ Nettement, & ſans biaiſer,
„ A la demande courte & claire,
„ Qu'à toutes je vais propoſer.

Air : *Vraiment, ma commere, voire.*

„ Conſentez-vous à ceci ?
„ --- Vraiment, mon cher oncle, oui.
„ --- Fanchon, parlez la premiere ;
„ --- Vraiment, mon cher oncle, voire ;
„ Vraiment, mon cher oncle, oui.

Air : *Et ſon lanla, landerirette.*

„ En fille modeſte & ſage,
„ Réponds-moi, belle *Fanchon* :
„ Lequel des deux a plus d'âge,
„ Ou de toi-même, ou de ton
Gentil lan la ? &c.

Air : *Du Confiteor.*

C'eſt lui, mon oncle, aſſurément.
--- Il faut nous le prouver, ma niece ;
Ou renoncer, dès ce moment,
A l'objet de votre tendreſſe.
--- Je le prouve, par ce ſeul point :
Il a barbe, & je n'en ai point.

CHŒUR

CHŒUR DES MAGISTRATS.

Exaltons,
Et chantons,
La ſcience
Et la décence,
Que l'Amour,
En ce jour,
Par vous montre en cette Cour.

Air : *Or, dites-nous, Marie.*

„ A votre tour, *Nanette*,
„ Parlez, répondez-nous :
— Moi, je ſuis moins jeunette.
— Comment le prouvez-vous ?
— Quoiqu'il aime à repaître,
Ce monſieur, je le ſens,
Tout barbu qu'il puiſſe être,
N'a point encore de dents.

CHŒUR DES MAGISTRATS.

Exaltons,
Et chantons, &c.

Air : *O reguingué, ô lon lan la.*

„ Et toi, ma petite *Toinon*,
„ Que vas-tu nous dire de ton
O reguingué, ô lon lan la ?
— Que je ſuis plus vieille, ſans doute....
Pour le prouver, que l'on m'écoute.

Air : *Il faut que je file, file, file.*

Votre petite *Toinette*,
Quoique ſenſible à l'amour,
Croyait être encor fillette.
Mais voyez le vilain tour!
Monſieur tete, tete, tete,
Monſieur tete nuit & jour.

CHŒUR DES MAGISTRATS.

Exaltons,
Et chantons, &c.

LE BAILLI.

Air : *Docteur, en ami, &c.*

Meſſieurs, en amis,
Quel eſt votre avis?
Sur le cas que voici,
Je ſuis en ſouci :
Et crois fermement,
Qu'un tel jugement,
Couterait même à mon-
ſieur *Salomon.*
Ces rivales,
Très-égales
En attraits comme en raiſon,
M'embarraſſent,
Me tracaſſent :
Je ne voudrais pas

Mal juger leur cas!...

Messieurs, en amis, &c.

Les Magistrats se taisent, le Bailli continue l'air.

A qui donc recourir?
En vain, voudrais-je ouvrir
Cujas, & le *Digeste* son frere,
La Bruyere,
Despautere:
Chez eux tel procès
Ne se vit jamais.
Messieurs, en amis, &c.

Air: *Nanon dormait.*

Pour prononcer
Une sentence nette,
Allons passer
Une heure à la *Buvette*;
Là, nous y penserons.

CHŒUR DES MAGISTRATS.

Allons, allons
A la Buvette, allons.

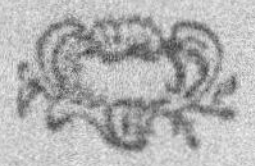

L'HEURE DU BERGER.

Romance galante.

Air : *L'autre jour étant assis sur le bord, &c.*

A Madlle. *D'h***.*

O Vous, qui semblez douter
Qu'un refrain, belle *Glycere*,
Six fois puisse se chanter,
Sans ennuyer, ou déplaire ?
  C'est douter du talent :
  Ecoutez ; & je gage,
  Qu'on peut, en répétant,
  Faire encor davantage.

❖

Au déclin du plus beau jour,
Lindor, au fond d'un bocage,
De la mere de l'Amour
Croit voir la vivante image.
  Il se cache à l'instant,
  Sous un épais feuillage.
  Et voudrait, en voyant,
  Voir encor davantage.

❖

La beauté qu'il admirait,
A *Diane* consacrée,

Loin de tout œil indiscret,
Au sommeil était livrée.
  Un zéphir insolent,
  Sert le berger peu sage;
  Et *Lindor*, en voyant,
  Voudrait voir davantage.

✣

L'Amour, qui croit cet amant
Fait pour augmenter sa gloire,
Par un songe séduisant,
Lui prépare la victoire.
  La belle, en s'y livrant,
  Croit n'être pas moins sage;
  Et *Lindor*, plus ardent,
  Ose alors davantage.

✣

Ce qu'il ose, sans effort,
Trouve la nymphe docile:
Mais pour arriver au port,
La route était difficile.
  Un trop prompt mouvement,
  L'écartait du rivage:
  Mais *Lindor*, moins pressant,
  Avance davantage.

✣

La bergere, en s'éveillant,
Veut, & ne peut se défendre....

Ah! dit-elle, en foupirant,
Je croyais l'Amour plus tendre!...
Mais malgré mon tourment,
Si tu n'es point volage,
Pour moi ce Dieu charmant,
Le fera davantage.

E N V O I.

Vous, qui parez ce féjour;
Vous, qu'aurait craint cette belle;
Vous, fille & fœur de l'Amour (*),
Dormez & rêvez comme elle.
Et moi, puiffé-je encor,
Comme au printems de l'âge,
Pour vous être *Lindor*,
Et valoir davantage.

(*) Elle eft fille naturelle de M. le Duc D***.

LA LÉGENDE DE St. GENGOULE (*),

Patron des bons maris.

Air : *Que devant vous tout s'abaiffe*, &c.

DE Saints connus la légende fourmille,
Et d'inconnus il en eft encore plus.

(*) *Gengulphus*, ou *Gangulphus*, dont le peuple a fait *Gengoule* ou *Gandolphe*, (furtout dans les Pays-Bas), & que l'on chôme encore dans plufieurs diocefes le 11 Mai. Voyez la note à la fin de la Légende.

Mais à ſon tour, s'il faut que chacun brille,
Tout Saint a droit d'avoir ſon *oremus.*
Hors de la foule,
Tirons *Gengoule*,
Jadis, dit-on,
Des maris le patron.

✣

Né ſous *Pépin*, près de *Langre*, en Bourgogne,
De bons parens, preux Chevaliers Français,
De pere en fils ſa race était ivrogne,
Et lui galant, mais ſouvent ſans ſuccès.
Auſſi ſa femme,
Galante Dame,
Entre ſes bras,
Le trouva bientôt las.

✣

Tout bon chrétien, las de la créature,
Dans ſon ſalut cherche un autre bonheur;
Et s'il eſt ſage, en ſecret, ſans murmure,
Borne ſes vœux à plaire au Créateur.
De là tapage,
Dans le ménage,
Surtout la nuit....
Que fit-il? il s'enfuit.

✣

Gengoule, un jour, au plus creux des Ardennes,
Où pour chercher le Ciel il ſe cacha,

Dévotement récitait ses Antiennes,
Lorsqu'un grand bruit à ce soin l'arracha:
Saints ont beau faire,
Pour les distraire,
Démons tout prêts,
Sont toujours aux aguets.

✣

C'était *Eric*, grand Forestier de Flandre,
Qu'un cerf lancé fatiguait dans ces bois....
Aux pieds du Saint la bête va se rendre:
Il était tems; elle était aux abois....
Mais, quel spectacle!
Ciel, quel miracle!...
Le Prince veut
Passer outre... Il ne peut.

✣

Tout mécréant qu'était ce Prince encore,
D'un tel prodige, avec raison, surpris:
D'où part, dit-il, un pouvoir que j'ignore?...
Mais quel qu'il soit, ce talent vaut son prix:
„ Suis-moi, bonhomme,
„ Dans mon royaume.
Il l'y conduit;
Et le bon cerf le suit.

✣

Gengoule, un jour, dans ce pays de Flandre,
D'une fontaine admirait la beauté.

Eric

Eric l'appelle; & penſant le ſurprendre:
Tu m'as, dit-il, prêché la charité?....
Je te la donne,
Même t'ordonne,
De l'accepter,
Si tu peux l'emporter.

❖

Le lendemain, du haut de ſa fenêtre,
Eric, des yeux, parcourant ſon jardin;
Où la fontaine avait coutume d'être,
Il n'en voit rien, pas même le baſſin!....
De ſa lorgnete,
Quoique très-nette,
Son œil confus,
N'aviſe rien de plus.

❖

Cent autres faits, d'auſſi grande importance,
Au grand *Gengoule* attiraient tous les cœurs:
Et de ſon Dieu ſignalant la puiſſance,
Le peuple, en foule, abjura ſes erreurs.
Il ſut convaincre,
Combattre & vaincre,
Tant & ſi bien,
Qu'*Eric* ſe fit chrétien.

❖

Gengoule alors, apprenant que ſa femme,
En ſon abſence avait fait un enfant;

D

Aussi jaloux du salut de son ame,
Que pénétré d'un affront si sanglant;
Plein de vergogne,
Vole en Bourgogne,
Et sur le soir,
Arrive à son manoir.

✣

De son retour la nouvelle semée,
A sa moitié n'agréa nullement;
La Dame aimait, la Dame était aimée:
Le plus pressé, fut d'écarter l'amant.
Puis la coquette,
Leste & friquette,
Le tein fleuri,
Accueillit son mari.

✣

Tout Saint qu'il est, en la voyant si belle,
Il dissimule, & l'aborde sans bruit.
„ Souvent, hélas! c'est la plus infidelle,
„ Qui sait nous plaire, & le mieux nous séduit;
„ Chrétien qui doute,
„ Toujours redoute,
„ Sans preuve en main,
„ De juger son prochain".

✣

Le lendemain, tous les doutes renaissent;
Froide raison rentre alors dans ses droits:

Car, plus la nuit, les femmes nous caressent,
Et plus le jour, nos soupçons ont de poids.
Le saint soupire,
Et sans mot dire,
Dès le matin
Va revoir son jardin.

✥

Mais quel spectacle à ses yeux se présente !...;
Jugez, chrétiens, jugez s'il l'étonna ?....
Une fontaine, à gerbe jaillissante,
Celle qu'*Eric*, en Flandre, lui donna;
Dans un parterre,
Sort de la terre;
Et sous ses yeux,
S'éleve jusqu'aux cieux.

✥

En s'éveillant, son épouse inquiette,
Etend les bras, le cherche à son côté :
„ Femme coupable, est toujours en vedette;
„ Soupçon, pour elle, est toujours vérité.
Vers la fontaine,
Le ciel la mene....
L'époux saisit
Cet instant... & lui dit :

✥

Je m'y connais; vous êtes criminelle.
Sans vous damner par un mensonge vain;

A votre époux si vous futes fidelle,
Mettez, sans crainte, en cette eau votre main:
Fourbe & légere,
La téméraire,
S'en fait un jeu...
Pst.... Son bras est en feu.

Le pauvre saint, du tourment qu'elle endure,
Au fond du cœur moins ravi que touché,
Loin d'insulter la fausse créature,
Pleure, & l'invite à pleurer son péché...
Ame trop bonne,
Il lui pardonne:
Puis, de nouveau,
Déserte le château.

Quitte de lui, mais la fureur dans l'âme:
Vole, dit-elle, à son mignon chéri.
Voici l'instant de me prouver ta flâme:
Délivre-moi d'un indigne mari....
L'amant perfide,
D'un pas rapide,
Le suit, l'atteint,
Frappe, & perce le saint.

Nos deux amans, sans remords, sans obstacles,
Ne gênent plus leur criminel amour.

Mais le martyr, par d'éclatans miracles,
Fait retentir tous les lieux d'alentour.
A ſaint *Gengoule*,
On court en foule....
Bénins maris,
Surtout y ſont guéris.

La Dame, un jour, écoutant ſa ſuivante,
Qui racontait ce que le peuple en dit....
„ Il fait miracle, ainſi que mon cul chante",
S'écria-t-elle, en coupant le récit.
Surpriſe extrême!...
A l'inſtant même,
Un pet affreux
Part, & venge les cieux.

Le Vendredi, l'octave où cette impure
A fait verſer le ſang de ſon mari,
Au point du jour, & tant que le jour dure,
mêmes éclats, même charivari.
En France, en Flandre,
De cet eſclandre
Le bruit s'étend,
Et partout ſe répand.

✤

Le Roi *Pépin*, ſentant qu'un tel miracle
Peut être utile aux progrès de la foi,

Veut au Palais, en donner le ſpectacle....
L'infâme, alors, ſans reſpect pour ſon Roi,
Comme trompette,
Tant ſe répette,
Que nul tambour
N'aſſourdit plus la Cour.

Si du grand Saint dont je chante la gloire,
Quelque hérétique allait être envieux;
Qu'il ſache, au moins, en liſant cette hiſtoire,
Que des Auteurs, même les plus fameux,
Je la tiens toute.
Quiconque en doute,
Conſultera
Ribadéneira (*).

(*) *Pierre Ribadéneira*, Jéſuite Eſpagnol, & l'un des premiers diſciples de St. Ignace, dit dans ſon livre intitulé : *Fleurs des vies des Saints*, » Que celle de ce célebre martyr a été » écrite par un fameux Auteur anonyme, qui l'avait recueillie » des plus anciens manuſcrits ".

Elle a auſſi été rédigée par *Roſwide*, & imprimée à *Naremberg*. Le Miſſel de la Cathédrale d'*Ausbourg*, en parle amplement, ainſi que *Voraginé*, dans ſa *Légende dorée*; *Sigebert*; *Vincent de Beauvais*; *Henri d'Erford*; & nombre d'autres Auteurs graves.

On prétend même qu'un des derniers Evêques de *Langres*, (*N. Zamet*) a fait ſupprimer dans le Miſſel, ainſi que dans le Bréviaire de ſon dioceſe, la *leçon* de St. *Gengoule*, qui finiſſait par ces mots : *Et ex illo tempore, non ceſſavit (mulier) crepitare. Tu autem, Domine, miſerere nobis.*

DISCUSSION THÉOLOGIQUE

ENTRE COLIN ET COLETTE.

Air : *Nous sommes Précepteurs d'Amour*, &c.

COLIN.

COlette, on ne peut le nier,
Je l'avons lu dans l'Ecriture :
Oui, l'homme fut fait le premier ;
Après la clé vint la serrure.

COLETTE.

Si la clé vint auparavant,
La preuve en paraît difficile :
Car l'ouvrier, quoique savant,
Risquait un travail inutile.

COLIN.

Sans trop nous l'avoir révélé,
Cet ouvrier, je te le jure,
Savait très-bien que cette clé
Servirait à toute serrure.

COLETTE.

Aux grandes, je le conçois bien.
Mais quant aux autres, je t'assure
Que la grosse clé ne fait rien,
Que briser la pauvre serrure.

COLIN.

Si la clé fait ce qu'elle doit,
Colette, la peine est bien douce:
Où l'un a peine à mettre un doigt,
Un plus adroit loge son pouce.

COLETTE, *avec chaleur.*

Si le Ciel fit l'homme avant nous,
Le billard fut fait pour les billes;
Et le Charpentier fit les trous,
Après avoir fait les chevilles.

Il fit l'onde pour le bateau,
Et le lit pour la couverture;
Et la tête pour le chapeau,
Et la selle avant la monture.

Il fit le vin pour les flacons,
Il fit la vigne pour les treilles;
Et sans doute, il fit les bouchons,
Avant d'avoir fait les bouteilles.

COLIN.

Colette, tu t'échauffes trop.
Tandis que tu reprends haleine,
Je ne repliquerai qu'un mot:
Fit-il le couteau pour la gaine?

L'oiseau

L'OISEAU DE VÉNUS.

ROMANCE GALANTE.

D'UN de ses moineaux favoris,
Vénus, trouvant la cage ouverte,
A son fils imputait sa perte,
Et remplissait l'air de ses cris.

Beauté qui pleure est redoutable;
Tout l'Olympe accourt à sa voix.
L'espiegle Amour, pour cette fois,
Assure qu'il n'est point coupable.

Maman, lui dit-il, à genoux,
Après les plus tendres caresses:
Oubliez vous, que nos Déesses
Sont toutes jalouses de vous?

Votre beauté, pour la plus belle,
Est un affront toujours nouveau;
Vous aurez bientôt votre oiseau,
Si notre Olympe le recelle.

Quoiqu'il soit bien peu de secrets
Pour l'œil que le sentiment guide,
L'Amour, de sa course rapide,
Ne rapporta que des regrets.

Piqué d'une recherche vaine:
L'enfant malin, du haut des cieux,
Sur la terre porte les yeux,
Et les fixe fur mon *Ifmene*.

Quel tein, dit-il, quelle fraîcheur!
C'eft *Hébé* que je vois en elle...
Ou fous les traits d'une mortelle,
Vénus m'induit-elle en erreur?

Belle, rendez l'oifeau célefte,
Ce trouble indique le larcin.
Vous le cachez dans votre fein:
J'ai vu pécher d'un air modefte....

Vers ce but Amour prend l'effor;
Et quoique dife la bergere,
Du Dieu la main vive & légere
L'atteint.... & va plus loin encor.

Ifmene en efforts fe confume: (*)
L'outrage, pour elle eft nouveau....
O Maman! je tiens votre oifeau!
Cria, l'enfant, j'en fens la plume.

(*) VARIANTE.

Dans cette recherche invifible,
J'ignore ce que fit l'Amour:
Mais à mes feux, depuis ce jour,
Ifmene devint plus fenfible.

LES AMOURS BIEN LOGÉS,

Romance galante.

UN jour échappé de Cythere,
Un essaim de petits Amours,
Apperçoit ma jeune *Glycere*,
Et de son vol suspend le cours.

A son tein, sa taille légere,
Cet œil où brille la candeur :
Oh! oh! (dirent'ils) notre mere
Nous avait caché cette sœur.

A ces mots, tous fondent sur elle:
Tous, brûlans de la carresser,
Sur le visage de la belle,
Tous à la fois vont se placer.

L'aîné, sur sa bouche s'élance;
D'autres se nichent dans ses yeux;
Sur son nez l'autre prend séance;
D'autres sont pris dans ses cheveux.

Toute place enfin étant prise,
Un tendre & faible garçonnet,
Qui ne peut voler à sa guise,
Roule & tombe dans le corset.

De vos postes, messieurs mes freres,
(Dit-il) je ne suis point jaloux;

Arrangez en paix vos affaires:
Je me fens mieux logé que vous.

NB. Pour ne pas rifquer de choquer les oreilles délicates, la Romance peut finir au couplet précédent. Celui-ci eft pour les profanes.

Un autre dit : „ Ne t'en déplaife,
(De plus bas entendant fes cris,)
„ Tu ferais encor bien plus aife,
„ Si tu te trouvais où je fuis".

LA VENGEANCE AGRÉABLE,

ROMANCE GALANTE.

UN jour que *Chloé* fe baignait,
L'Amour la prenant pour *Cyprine*,
Qui fon *Adonis* attendait;
S'étend fur la croupe divine,
Qu'au grand jour la belle étalait.

Peu faite à de pareils affauts,
Rouge de honte & de colere,
Chloé difparaît fous les flots;
Et pour punir le téméraire,
Remonte, & nage fur le dos.

Ah! (dit le Dieu, d'un air léger)
Belle *Chloé*, fi d'un coupable
Vous croyez ainfi vous venger....
L'Amour, chez un objet aimable,
Trouve toujours à fe loger.

LES RELIQUAIRES.
CONTE,
ou Anecdote Anglaise.

CErtaine Reine d'*Albion*, (1)
Laide & jalouse, (c'est l'usage)
Soupçonnant que le Roi, jeune, tendre & volage,
Pour d'autres Saintes qu'elle avait dévotion,
N'attendait que l'occasion
De convaincre l'ingrat d'un si sanglant outrage.

La Dame se livrait à cet espoir secret,
Quand, par un agent indiscret
De son époux, elle apprit que le *Sire*,
Dans un de ces grans jours (2) où l'on ose peu rire,
Même à la Cour; avec cinq ou six courtisans,
Et cinq ou six tendrons charmans,
(Morceaux de Rois, élite de Cythere!)
Sous le voile épais du mystere,
Pour mieux mortifier leurs sens,
Qu'avec le cilice & la haire,
Dans un château voisin, sans gardes & sans bruit,
Allaient à ce devoir austere,
Consacrer la journée, & peut-être la nuit.

(1) *Catherine de Portugal*, femme de *Charles II.*
(2) Des médisans ont prétendu que c'était le Vendredi saint.

Furieuse, elle part; & traînant pour escorte
Des prudes de sa Cour la nombreuse cohorte,
(Digne en tous points de partager son sort.)
Arrive vers minuit au château de *Windsor*,
Descend, entre sans bruit, & son front redoutable,
Qui du pauvre Concierge avait glacé la voix,
S'offre aux regards surpris des pénitens, à table.

O tête de *Méduse !* on te vit autrefois,
Peut-être un peu moins effroyable,
Que ne le parut cette fois,
Celle qu'accompagnaient tous les graves minois
De cet escadron respectable;
Qui par de grands signes de croix,
Pensait exorciser le diable,
Tenant Sabat, sous l'air & le harnois
Du Monarque le plus aimable.

Mais bientôt remis de l'effroi,
Que de ce monde excitait la présence:
Pour vous prouver, leur dit le Roi,
Jusqu'où va ma reconnaissance
Du zele qu'aujourd'hui vous témoignez pour moi,
Puis-je trop à mon gré, signaler ma puissance?

Amis! (ajouta-t-il, aux muets Courtisans)
C'est peu que d'être repentans;
Que d'abjurer ici de trop publiques flâmes:

Si chacun fait ce qu'il me doit;
Pour mieux purifier vos âmes,
Vite: que chacun baise, ou touche au moins du doigt
Les Reliquaires de ces Dames...
Alors, tous flambeaux font éteints:
Alors, vieux & jeunes lutins,
Tous ardens, tous brûlans du zele
De se rendre d'autant plus Saints,
Empaûment, au hazard, & la laide & la belle,
Qui ne pouvant offrir que des efforts trop vains
A de si chauds missionnaires,
Abandonnent petits, moyens, grands reliquaires
Aux attentats de leurs profanes mains.

Le tems que dura cette scene,
N'est pas trop connu de l'Auteur;
Et tous les détails qu'elle entraîne
Se présument par un lecteur
Fait pour les suppléer sans peine.

Disons donc seulement, que d'un sallon voisin,
Dans celui du festin,
Le Roi n'eut pas plutôt rappellé la lumiere,
Que la troupe douairiere
Désertant le château maudit,
Et de ses pieds secouant la poussiere,
A *Londre* alla chercher son lit.
Disons encor, pour terminer le conte,

Que le Monarque, ayant demandé compte
De leurs exploits aux pénitens,
Tous en goguette, & plus ou moins contens
De la pieuſe loterie ;
Aviſant *Rocheſter* (1), qui dans la rêverie
Semblait plongé... Qu'as-tu, lui dit le Souverain?
Ton Reliquaire eſt-il l'objet de ton chagrin ?...
Quoi ! ne valait-il pas les nôtres?...

J'ignore quels étaient les vôtres.
Dit le ſatyrique, en baillant :
Puiſſiez-vous, Sire, en être bien content;
Mais le mien en valait quatre autres.

Qu'entens-je ? s'écria le Roi...
Le Ciel te devait cette aubaine,
Pour être auſſi chanceux que moi...
Ah ! malheureux... C'eſt celui de la Reine.

---

(1) *Jean Wilmot*, Comte de *Rocheſter*, l'un des plus beaux eſprits, des plus mordans & des plus libertins de la Cour très-libertine de *Charles II*.

N. B. Cette Anecdote, tirée d'un Manuſcrit du feu Chevalier *Killigrew*, autre libertin de la même Cour, a été donnée à l'Auteur par feu *Garrick*, qui lui en a aſſuré l'authenticité.

BERENGIER,

BÉRENGIER,

OU

LE CHEVALIER AU LONG CUL

CONTE GAULOIS.

DAns un château de Picardie,
Au tems où régnait *Dagobert*,
Habitait, non loin de Corbie,
Un Chevalier nommé *Robert* ;
Dont la singuliere manie,
Etait d'être cru Paladin,
Surtout dans sa Châtellenie ;
Quoique poltron comme un vilain.

Ajoutons que, suivant l'usage
Des gens dont la tête est peu sage,
Il rassemblait tous les défauts
Dont nature doua les sots.
Et qu'il se croyait fait pour plaire,
En dépit de tous ses rivaux.
A la beauté la moins vulgaire.

On ne s'étonnera donc pas,
Qu'un beau jour, épris des appas
D'une jeune & fringante Dame,
Veuve d'un pauvre Chevalier,

Qu'adorait un pauvre Ecuyer,
Dont elle partageait la flamme,
Sûr de la lui faire oublier,
Don *Robert* en eût fait sa femme.

Dès là, plus fier que feu *Jason*,
Sur une plus lointaine côte,
D'avoir conquis telle toison,
Il se croit presque un Argonaute.

Mais *Robert* comptait sans son hôte:
Car sa moitié, quoiqu'il advînt,
Sûre d'un très-ample douaire,
Fidelle au code de Cythere,
Soit qu'il grondât ou se retînt,
Avec lui ne se gênait guere.

A son opprobre clandestin,
Dans le dépit qui le possede,
(Et d'autant plus qu'il était vain!)
Le triste époux cherchait remede;
Lorsque de ce renom passé,
Auquel il avait dû sa gloire,
Chez ses vassaux (faits pour y croire),
Le souvenir, en sa mémoire,
S'étant, tout à coup, retracé....
„ Aux yeux d'une épouse coupable,
(Dit-il) pour la remettre à bien,

„ Lorſque la douceur ne peut rien,
„ Il faut ſe rendre redoutable".

Pour mettre ce projet à fin,
Le jour ſuivant, dès le matin,
Robert, armé de toutes pieces,
S'enfonce dans le bois voiſin :
D'où, rengorgé de ſes proueſſes,
Le jour étant ſur ſon déclin,
Notre factice Paladin
Revient au château de ſes peres,
Mourant de fatigue & de faim,
Prôner ſes vaillantes chimeres,
Dont ſon armure & ſon écu,
En mille endroits, criblé, rompu,
Aux yeux même de la critique,
Préſentaient la preuve authentique.

La Dame, à ces fameux récits,
(Car l'époux, chaque jour, de même,
Contre les plus fiers ennemis
Signalait ſa valeur ſuprême!)
La Dame, dis-je, à ces récits,
Ouvrait de grands yeux interdits ;
D'autant qu'elle avait peine à croire,
Qu'aux dangers, ſans ceſſe expoſé,
Robert, peu brave & peu ruſé,
Toujours remportât la victoire ;
Et toujours ſans être bleſſé !

Sur cette idée, avec colere,
Elle dit un jour, à part soi :
Robert compte trop sur ma foi ;
Je saurai percer ce mystere,
Et prouver, qu'à tort, il espere
Trouver une dupe chez moi.

De ce fier dépit animée,
Dès que son équipage est prêt,
La belle, en guerrier transformée,
Avec la visiere fermée,
Va l'attendre dans la forêt.

Après une recherche vaine,
Elle allait regagner la plaine ;
Lorsqu'à certain chêne, appendu,
La Dame apperçoit un écu,
Contre lequel *Robert* chamaille,
N'imaginant pas être vu,
Bravement d'estoc & de taille.

Alors, en grossissant sa voix...
--- Parle, Chevalier discourtois ?
Dans la fureur qui te transporte,
Pour le gourmander de la sorte,
Que t'a fait ce pauvre pavois ?
Quelle est avec lui ta querelle ?...
Je le protege, ajouta-t-elle,

Il n'a déja que trop pâti
Des coups de ta lame cruelle,
Barbare, je prends ſon parti.
Viens: monte en ſelle, prends ta lance...
Dans un combat mieux aſſorti,
Je te défie à toute outrance.

A ces mots, le tremblant *Robert*,
Dans le plus ſtupide ſilence,
Et de ſueur le front couvert;
Par crainte, à la honte inſenſible,
Et pour obtenir ſon pardon,
Se livre à toutes les diſgraces
Que peut endurer un poltron,
Qu'ont droit d'effrayer les menaces.

Pour calmer le reſſentiment
D'une lâcheté qui m'outrage,
Il faut, dit-elle, gravement,
Il faut baiſer, dans le moment,
Sous peine d'éprouver ma rage...
Quoi?... (s'écria-t-il, vivement.)
— Quoi?... Le revers de mon viſage...
Tiens, le voilà. — Dieu, qu'il eſt long!
Nul ne vit ſon pareil, je gage.
— Baiſe toujours, preux Chevalier:
Baiſe, ou crains tout de *Bérengier*.
Et ſache, que ceux de ma race,

(Qui hait les lâches tels que toi),
Tous, en dépit de ta grimace,
L'ont plus ou moins long comme moi.
Et si j'apprends, que ton audace
Osait encor guerroyer? — Non,
Seigneur... Après cette aventure,
Après si cruelle leçon,
Croyez, que pour jamais j'abjure
Toute espece d'ambition.

— Pars donc', *Robert*; & sois plus sage.
Adieu... Redoute mon pouvoir;
Sans quoi, compte bientôt revoir
Le long revers de mon visage.

Robert, stupéfait, confondu,
Le soir, à son château rendu;
Sans jactance, & crainte de pire,
Va se mettre au lit, sans rien dire:
Tant la leçon de *Bérengier*
Eut pouvoir de l'humilier.

Mais quelques jours après, le sire,
Se promenant dans son jardin;
Sous certain berceau de jasmin,
Entend une voix qui soupire,
Comme l'amour heureux respire.

A ces ſoupirs, *Robert*, ſoudain,
Reconnaît bientôt, qui ?... Sa femme,
Que ſon vigoureux Ecuyer
Travaillait... à déſennuyer.

Jour de Dieu ! (lui dit-il) Madame,
Quoi ! vous oſez ? -- Fier Chevalier,
Tout doux : trêve de pétulance ;
Sans quoi, votre ami *Bérengier* ;
Pour peu que j'aille l'en prier,
Pourrait m'en obtenir vengeance ?

A ces mots, foudroyans pour lui,
Jugeant ſa femme & ſon ami
Trop bien inſtruits de ſon hiſtoire :
Ah ! (cria, le pauvre mari) ;
Trop peu digne de ſa victoire,
Si *Bérengier* fut indiſcret ;
Pour le repos de l'un & l'autre,
Madame, gardez mon ſecret :
J'ignorerai toujours le vôtre.

LA TÊTE DE BROCHET.

CONTE.

LE jeune villageois *Thibaut*,
Mais moins jeune encor que nigaud,
Pour tutrice avait une ayeule,

Hypocrite, avare & bégueule;
Qui, du bien de son petit-fils,
Dès long-tems recueillant les fruits,
L'entretenait dans l'ignorance
Des choses qui, quoiqu'on en pense,
(Hélas! je le dis à regret)
Pour la plus simple adolescence,
Aujourd'hui n'ont rien de secret.

Mais ces feux, dont la renaissance,
Dans la printaniere saison,
Même au plus imbécille oison
Font sentir leur effervescence,
Et qui subjuguent la raison:
Ces feux, dont un Béat murmure,
Plus encor la nuit que le jour;
Ces vrais besoins de la nature,
Que la décence appelle Amour:
Ces feux enfin, accrus par l'âge,
Chez le *dadais*, suivant l'usage,
Firent naître desirs pressans
De recourir au mariage.

Aux premiers propos qu'il risqua,
Sur ce sujet, à sa grand'mere;
Notre avare qui remarqua
Que sans crainte de lui déplaire,
Son pupile avait pû déja,

Peut-être

Peut-être avoir conclu l'affaire,
D'abord, fur ce ton lui parla :
„ O mon enfant, quelle tête infenfée
„ Peut vous avoir infpiré la penfée
„ De renoncer aux douceurs de l'état
„ Du tranquile & pur célibat ?...
„ Connaiffez-vous tout le poids de la chaîne,
„ Qu'un pauvre fot, en la maudiffant, traîne?
„ Et dans des nœuds, toujours mal affortis,
„ Tous les tourmens des époux mal lotis ?...
„ Pauvre *Thibaut*, te fens-tu le courage
„ De fupporter un affreux efclavage,
„ Dont les détails te feraient friffonner?...
„ Mais puifque rien (fi j'en crois ton vifage)
„ De ce deffein ne peut te détourner;
„ Viens dans ma chambre, & je vais te montrer
„ Ce que c'eft que le mariage".

Mais à l'égard de la leçon
Qu'à fon bênet donna la Dame;
Gardons-nous bien, crainte de blâme,
D'en donner la defcription.
Qu'il fuffife au lecteur d'apprendre,
Que par notre fine maman,
Pour mieux tromper fon grand fanfan,
Voici comme elle fut s'y prendre:
Certaine tête de brochet,
A lieu convenable appliquée,

En maniere de trébuchet,
Semblant attendre sa béquée,
Excoria si bien *Thibaut*,
Au retour de l'étroit passage.
Qu'en fuyant, l'éclopé lourdaut,
Cria : foin ! foin, du mariage !
Qui l'ose approcher n'est qu'un sot.

L'histoire cependant ajoute,
Que dans la suite, à peu près détrompé,
Par un objet charmant, sans doute,
L'ami *Thibaut* se vit frappé,
Au point, d'avoir dessein d'affronter l'aventure.
Mais, qu'au moment de la conclure,
Le souvenir de la morsure,
S'étant chez lui, tout à coup retracé,
Il exigea que la future,
D'abord, sous peine de rupture,
Pour ses yeux n'eût rien de caché.

La clause parut un peu dure:
Pour la belle, surtout, quelle confusion !...
Mais sur ce point sa maman la rassure,
En lui disant que cette inspection
Ne pouvait, après tout, qu'ajouter à la flâme,
Dont ses charmes connus avaient échauffé l'âme
De son riche & timide amant,
Sur ce point seul sottement difficile.

Mais à l'aspect d'un bijou si charmant,
Pour tout autre qu'un imbécille;
Thibaut, saisi d'effroi, se sauve, en s'écriant:
Au diable!... On m'en offrirait mille:
Ils se ressemblent tous... J'ai vu sa langue... Foin!
Foin du mordeur! Les dents ne sont pas loin.

LA POLITESSE NATURELLE.

CONTE,

APrès avoir d'hymen cueilli les fruits,
Trois nuits de suite, au jardin de Cythere,
Le gros *Lucas*, près de sa ménagere,
Ne disant rien, pour en avoir trop dit,
Et cantonné sur le rebord du lit,
Dormait, ronflait; comme au sermon, Pere.

De quoi surprise, & le cœur interdit,
Catau, qui croit que son *Lucas* la boude
Très-inquiette, (on le ferait à moins;)
Comme au hazard, de la tête & du coude,
Le lutinait... Trop inutiles soins:
Lucas ne voit, ne sent rien... L'épousée,
De tel mépris, bien que scandalisée,
Faute de mieux (& toujours au hazard)
Laisse trotter une main vagabonde;
Qui sur son homme, allant, faisant sa ronde,
Par choix enfin, s'arrêta quelque part.

Point ne dirais, pour tous les biens du monde,
(Qu'en grand fecret, ce qui la main fixa.)
Mais que ce *qui*, fenfible à la careffe,
Dont l'accueillait fa fenfible maîtreffe,
A fa façon bientôt le témoigna.

Sur quoi la belle, auffi fimple qu'honnête,
De fon côté, tout en lui faifant fête,
S'écria : las! plus poli que *Lucas*,
Il répond, lui, quoiqu'il ne parle pas.

LA BONNE MERE.

CONTE.

LA *Fleur*, après l'enterrement
D'un foldat de fon régiment,
Qu'il regrettait; vole à la veuve,
D'un bon cœur lui donner la preuve.

Mais quel eft fon étonnement,
Lorfqu'en entrant, il voit la belle
Entre les bras du Commandant.

Corbleu! (dit-il) fauffe femelle,
Eft-ce ainfi qu'on pleure les gens?
Hélas! mon fils, s'écria-t-elle,
Je travaille pour mes enfans.

LE ROI POËTE ET REPENTANT,

CONTE.

Un jour, le triste *Louis Treize*,
Seul dans son cabinet, s'ennuyant à son aise,
Se disait, à part lui : „ *Richelieu* fait des vers :
„ S'en amuse… Et pour lui si ce n'est un travers,
„ En serait-ce un pour moi, si par hazard peut-être,
„ Ce qui plaît au sujet amuserait le maître?…
„ Tout coup vaille : essayons. Puis, comptant sur
„ ses doigts,
De syllabes quatre fois trois,
Croyant sentir chez lui la verve naître,
Le Poëte Royal prononce à haute voix.
Funeste événement! Evénement sinistre!
Et l'écrit aussitôt… Mais pour rimer en *istre*,
Après s'être en vain tourmenté,
Le Poëte enfin rebuté,
Trouve le métier détestable,
Et jette, avec dépit, le papier sur sa table.
Le lendemain pourtant, s'ennuyant de nouveau,
Son amour-propre lui conseille
D'ajouter, s'il se peut, à son vers de la veille,
Tout au moins, un *frère-chapeau*,
Rimant à l'œil comme à l'oreille.

Mais peignez vous l'étonnement

Du bon Monarque, en relisant:
Funeste événement! Evénement sinistre!
D'y trouver joint le vers suivant:
De voir le Pere Arnoud (*) *flambé par un Ministre.*
Et *flambé*, n'était pas le mot... Au même instant,
Saisi d'horreur, & se signant,
Louis s'écrie: „ Ah! c'est le diable,
„ Qui, sans doute, frondant ma sotte vanité,
„ A sur ce papier détesté,
„ Ajouté ce vers exécrable?
„ Mais j'aurais beau m'ennuyer désormais,
„ Me punisse le ciel, si je rime jamais"!

(*) Jésuite, & Confesseur du Roi.

NB. Le Mystere de ce second vers ne fut dévoilé qu'après la mort de *Louis XIII*, & celle du Cardinal *De Richelieu.* Le Maréchal *De Bassompierre*, qui sortit alors de la Bastille, où ce Ministre l'avait retenu pendant dix ans, avoua, qu'ayant un jour vu le vers du Roi sur le Bureau de ce Monarque (alors sorti pour un instant, du Cabinet) il n'avait pu résister à la tentation de risquer cette dangereuse plaisanterie.

LA FOURRURE DU CURÉ
CONTE.

UN Curé de gaillarde humeur,
Bien convaincu d'avoir su plaire
A la conjointe d'un Fourreur,
Vieux, jaloux, & d'humeur austere;
De concert avec la commere,
Pour se voir de plus près, en dépit du jaloux,
Un soir d'hiver, fait appeller l'époux.
Voisin, dit-il, j'attens de vous,
Un prompt & signalé service:
Ce soir, en sortant de l'office,
Je suis tombé dans un profond bourbier;
Et vous verrez, à ma pauvre pelisse,
Que j'ai risqué de m'y noyer.

Certain cas, de grande importance,
Demain pourtant, dès le matin,
Chez notre Evêque exige ma présence...
Aidez-moi donc, mon cher voisin:
Faites sécher, recousez ma fourrure:
Passez-y, s'il le faut, la nuit, & je vous jure,
Que vous serez satisfait de mon vin,
Comme de moi!...
Martin, ravi de l'aventure,
Y tope... On soupe... Et vers minuit,

Feignant d'aller ſe mettre au lit,
Le Curé part du Presbytere,
L'eſpoir en poupe; & fait voile à Cythere.
Martin, alors empoigne le furtout,
Et de ſon mieux, ſeche, peigne, recoud
Du bon paſteur la peliſſe légere...
Quand', tout à coup, venant à remarquer
Que le fil allait lui manquer;
Pour s'en pourvoir, il vole à ſa chaumiere:
Où, tremblant d'éveiller ſa jeune ménagere,
Guidé par le croiſſant qui luit,
Le pauvre époux entre ſans bruit.

Mais, quel tableau vint frapper ſa viſiere?..
Celle, dont il craignait de troubler le repos;
Celle, que ſon cœur tient ſi chere,
N'offre à ſon œil ſurpris, qu'une bête à deux dos.
Terrible, alors, & d'une main profane,
Qu'armait une peſante canne,
Inſtrumentant ſur le ſacré feſſier:
Tiens! tiens! (dit-il) impudent Egliſier!
Tiens, Prêtre impur! qu'il te ſouvienne
Du trait doublement ſcélérat;
Tel eſt donc mon ſalaire, ingrat?
Je ſéchais ta fourrure, & tu mouillais la mienne.

LE

LE GENDRE DU PAPE.
CONTE.

LA nuit, que du Pape *Alexandre* (1),
Jean Sforce (2) étant devenu gendre,
Vaquait à l'opération
De cette œuvre gaillarde & pie,
Que la décence qualifie
Du nom de consommation;
Surpris de voir que l'épousée,
Docile aux loix de son vainqueur,
N'offrit à sa brûlante ardeur,
Qu'une victoire trop aisée,
En se repliant, s'écria:
Peste soit de la déniaisée!
Plus d'un autre a passé par là.

Plus d'un? (dit *Lucrece*, en colere...)
Jamais, nul autre, que mon pere.....

— Ciel! quelle abomination!...
— Paix, donc; paix, donc, Seigneur *Valère*:
Jamais je ne me laissai faire,
Qu'avec son absolution.

(1) Alexandre VI. [*Borgia.*]
(2) Duc de Plaisance; qui répudia *Lucrece.*

BELLE CONVERSION!
CONTE.

CErtain vieux juif, apopleƈtique,
Qu'effrayait l'Inquisition,
Cédant au zele séraphique
D'un Capucin, plein d'onƈtion,
Dont l'assommait la rhétorique;
Pour rédimer vexation,
Avait, avec componƈtion,
Tout fait, & tout pris, sans replique:

Mais soupçonnant qu'il pouvait être sourd,
Le moine, armé d'un Crucifix, très-lourd,
Que du mourant sur la bouche il applique:
„ Voilà ton Dieu! dit-il, vieil hérétique:
„ Voila ton Dieu! te dis-je, le voilà!...

Le pauvre juif, alors, entr'ouvrant la paupiere,
S'écrie: „ Ah! mon révérend Pere:
„ Hélas! faut-il encore avaler celui-là?

LA NIAISE,
CONTE.

PAr vous mon mal était guéri,
Du moins, au gré de mon mari,
(A son Curé, disait *Colette*.)

Mais, au bois, me trouvant seulette,
Et ravi de m'y rencontrer,
Hier, *Lubin* n'y put entrer.

— Qu'entens-je?... Ah! petite coquette;
Quoi! vous cocufiez déjà?...

Voyons, pourtant... Mais, m'y voilà:
Et fort à l'aise, Dieu me damne!...
S'il faut vous croire; en ce cas là,
Votre *Lubin* doit être un âne.

LA RÉPARATION NORMANDE,

CONTE.

DAns un repas de régiment,
Certain Colonel, *Bas-Normand*,
Prétendant, d'une Conseillere
Avoir reçu faveur amere,
S'en était plaint amérement.

Sur quoi, Messieurs du Parlement,
Pour venger l'honneur d'un confrere,
Allaient punir le téméraire,
Par un décret d'ajournement:
Lorsque, pour assoupir l'affaire,
Dans un autre repas de corps:

Messieurs, dit-il, un militaire,
S'il n'est au-dessus des remords,
Soit dans la paix, soit dans la guerre,
Doit toujours réparer ses torts;
Et j'en dois l'exemple ... A *Clarice*,
Tout galant homme rend justice,
Et toujours je la lui rendrai.

Sur certaine faveur connue,
Très-sottement je m'exprimai :
D'elle, j'ai dit l'avoir reçue....
Non : c'est moi qui la lui donnai.

DON JAYME ET ELVIRE,
OU
LA RESPIRATION RÉTABLIE.
CONTE.

SUr les confins de la *vieille Castille*,
Dans un vieux château bien titré,
Un vieux Seigneur, dès long-tems retiré,
Loin de la Cour, vivait avec sa fille,
Prenant quinze ans, simple tendron,
Quoique de mille attraits pourvue,
Et qu'en franc Espagnol, le *Don*
Faisait toujours dans son donjon,
Soigneusement garder à vue.

Ce n'était pas ſon moindre tort :
Car jouiſſant d'une opulence rare,
Plus chaque jour accroiſſait ſon tréſor,
Plus le vieillard était avare.
Dès là, tremblant pour ſon cher coffre-fort,
Si pour *Elvire*, ſon Infante,
Il s'offrait quelque amant digne d'être un époux;
Pour la ſouſtraire aux yeux de tous,
Sous les yeux d'une gouvernante,
Toujours près d'elle en fonction,
Et parant à toute ſurpriſe,
Il ne la menait à l'Egliſe,
Que les jours d'obligation.

„ Pauvres jaloux, quelle eſt votre ſottiſe !
„ Euſſiez-vous des gardes partout;
„ Mille *Argus* qui les contrediſent,
„ Aux yeux vainement interdiſent
„ Ce que deux cœurs tendres ſe diſent;
„ Quand l'un pour l'autre ils ont du goût !

Et c'eſt là, qu'en effet; dans le tems même,
Que l'aimable & jeune *Don Jayme*,
Pauvre Gentilhomme voiſin,
Digne d'un tout autre deſtin,
Ebloui des charmes d'*Elvire*,
Des yeux avait ſu le lui dire,
Et que ceux de la belle, au tendre *Caſtillan*,

Quoique ſans le vouloir, en avaient dit autant.
Et c'eſt là, qu'épris l'un de l'autre,
Chacun d'eux, en particulier,
Tandis que chantait l'Egliſier,
Adreſſait à l'Amour ſa tendre *Patenôtre.*

„ Heureux, malheureux à la fois,
„ D'aimer, d'eſpérer & de craindre,
„ Dieu des cœurs, telles ſont tes loix!
Pourrais-je les trouver à plaindre?

Ils ſe plaignaient pourtant...
Surtout, le jeune amant,
Quoique ſûr d'être aimé d'*Elvire.*
Mais les yeux de la belle avaient beau le lui dire;
Il ſavait ce qu'il deſirait,
La ſimple *Elvire* l'ignorait;
Et *Jayme* eût voulu l'en inſtruire!...
Inutiles ſouhaits: les grilles, les verroux,
Les duegnes & la valetaille,
Pour un amant peu riche implacable canaille,
Le privait d'un eſpoir ſi doux.

Une nuit, qu'accuſant le ſort qui le ſépare
De l'unique objet de ſes vœux;
Pres de ces murs malencontreux,
Où régnait un tyran auſſi cruel qu'avare,
Le jeune & ſenſible amoureux
Joignait aux ſons de la guitarre,

Les accens les plus douloureux...
Ciel! pour lui quel ſpectacle affreux,
Lorſqu'il en voit la vaſte enceinte
En proie aux plus rapides feux!...

Pénétré d'horreur & de crainte,
Il franchit le mur, au moment
Que le fort de l'embrâſement
Déja gagnait l'appartement
De ſa jeune & timide amante,
Qu'il voit, avec frémiſſement,
Sans parole, nue & mourante.

Cédant alors au premier mouvement,
Qui ſaiſit ſon ame alarmée,
Et bravant tout événement,
Le jeune-homme, en la ſoulevant,
Prend dans ſes bras ſa bien-aimée;
De là, tout à travers les feux,
Et les débris, & la fumée,
Enrichi d'un fardeau pour lui ſi précieux,
Son audace s'ouvre un paſſage,
Et le fait parvenir aux lieux
Qui compoſaient ſon modeſte héritage,
Seul bien qu'il tient de ſes ayeux!
Peignez-vous, cher lecteur, dont l'âme
D'amour avez ſenti la flâme,
Quelle dut être en cette occaſion,

Des deux jeunes amans la ſituation! ..
Mais *Jayme*, enfin, qui près de tant de charmes
Que parcouraient & dévoraient ſes yeux,
A ſes deſirs impétueux
N'oppoſait plus que de très-faibles armes;
Et qui ſongeant que ce moment,
Si favorable, ſi charmant,
Qu'Amour pour lui ſemblait avoir fait naître,
Au gré de ſes tendres ſouhaits,
S'il ne le ſaiſiſſait, probablement peut-être,
Pourrait ne revenir jamais? ...
Jayme ſe précipite aux pieds de ſon amante,
La reprend dans ſes bras, ſignale les effets
De la flâme la plus ardente;
Et rien n'interrompt ſes progrès,
Sinon... des marques d'épouvante,
Eh, quoi! (dit-il) objet charmant,
Par ma tendreſſe, à vos yeux, téméraire;
Quoi! par mon trop d'empreſſement
A vous prouver combien vous m'êtes chere,
Soit comme ami, ſoit comme amant,
Ai-je riſqué de vous déplaire?...

Nenni, dit-elle, ingénûment.
Mais, à mon tour, que puis-je dire,
Pour répondre à ce compliment...
Tandis... qu'à peine... je reſpire!...

Don

Don *Jayme*, alors instruit complettement
De la simplicité d'*Elvire* ;
Il fallait plutôt m'en instruire,
(S'écria-t-il.) Après l'affreux tourment
Que cette nuit horrible
A dû faire éprouver à votre âme sensible,
Vous m'eussiez vu vous avertir,
Qu'on ne peut trop tôt prévenir
Les dangers d'un mal si terrible,
Et que demain, peut-être, on ne pourra guérir!

Ah, Ciel! de ce mal, qui me tue,
(S'écria, la belle éperdue)
Il faudra donc mourir demain!
Car, comment aujourd'hui trouver un médecin?

Rassurez-vous, (dit gravement, Don *Jayme*)
Il en est un ici — Eh! quel est-il? — Moi-même.
—Vous, médecin?... Vous! Moi.
Calmez-vous donc, & comptez sur ma foi:
Vous allez voir à quel point je vous aime.

Parmi de merveilleux secrets,
Faits pour calmer de semblables accès,
Il en est un, dit-il, vrai secret de famille,
Qui, de tout tems, passant de mere en fille,
Eut toujours le même succès...
Et de crainte, & d'espoir tremblante;
Hélas! (interrompit notre crédule amante,

En l'embrassant avec affection)
Que je vous doive encor cette obligation.

Ce qu'il fit alors à la belle,
(A moins que d'être aussi sot qu'elle)
Par tout lecteur se suppléra.
Il suffira, je crois, de dire,
Qu'*Elvire*, à la fin, s'écria:
Cher Don *Jayme* !... Enfin... je respire!

L'AMOUR MÉDECIN.
CONTE,

L'Amour, dit-on, banni des cieux,
Pour faire niche aux autres Dieux,
S'offre à guérir toute blessure
Dont se plaint l'humaine nature;
Et jure par son arc divin,
Qu'on le verra bon médecin.

Gardez-vous-en, jeune *Cloris* !
Car sur les talens de son fils,
(Dame *Vénus*, qui n'est pas neuve)
Dit qu'elle peut donner la preuve,
Que tout *bobo* qu'il touchera,
Bientôt plus grand *bobo* sera.

LES FONDS TOUJOURS SÛRS.

CONTE.

AU Prince De Ligne, *Martin*,
Vieux cancre, altéré de finance,
Difait, d'un air fombre & mutin,
En rapportant une ordonnance :
Monfeigneur, votre Tréforier,
Me dit, qu'il ne peut la payer,
Faute de fonds... C'eft bien infame!
(Lui répond, le Prince en courroux:)
Mais, s'il en manque chez l'époux,
Vous en trouverez chez la femme.

LE CURÉ LACONIQUE.

MOn oncle a (m'a-t-on dit) ici longtems vécu?
Pafteur, puis-je favoir ce qu'il était? — Cocu.
— Son fils? — Fripon. — Sa fille? — Infame.
— Vous m'affligez autant que vous me furprenez.
Et dans ce cas, Monfieur, quelle était donc fa femme?
— Devinez.

LA JEUNE MERE.

SUrpris d'entendre appeller Mere,
Gentille Nonne, par mon frere:
Mere!... De qui? dis-je, à l'inſtant.
De *Saint Chriſtophe*, répondt'elle.
— Ah, Ciel! Auſſi jeune que belle,
Comment fites-vous cet enfant?

LES AVEUX MUTUELS.

UN ſoir, que la tendre *Angélique*
Bâillait, à l'aulne, au coin du feu,
Et ſe débraillant plus qu'un peu;
A *Liſimon*, l'Anti-phyſique,
Diſait: „ Ah! dans ce moment-ci,
„ Plût au ciel, que mon cher *Darcy*,
„ Vînt me prouver combien il m'aime!...
A quoi, l'autre, en bâillant auſſi,
Dit: „ Parbleu! je penſais de même.

LA FORCE DE L'HABITUDE,

Conte, moins Conte que d'autres.

UN Publicain, plus riche qu'un Seigneur,
Jeune encor, quoique vieux pécheur,

Mais grand, bien fait, de prévenante mine,
Et ſans inſolence, élégant,
Avec un train leſte & brillant,
Arrive, un beau ſoir, chez *Nérine*,
La fleur des Nymphes que *Cypris*,
Qui du berger Troyen (1) gardant la ſouvenance,
Aime encor ſes enfans, & par reconnaiſſance,
Détache de ſa Cour pour embellir Paris.
De cette bague, hier, dit-il, Mademoiſelle,
Vous offriez cent Louis à *Gervais*
Qui demandait le double?... Mais,
Quoiqu'elle me ſemble aſſez belle,
Ainſi que vous, avec raiſon,
J'ai trouvé la ſomme trop forte.
Mais ce marchand, m'ayant quelque obligation,
Je l'ai priſe; & je vous l'apporte.

Senſible à ſi noble début,
La belle était trop agguerrie,
Pour ne pas preſſentir le but
D'une telle galanterie.

Si j'ignore, dit-elle, (& preſque en rougiſſant)
Ce qui de votre part m'attire
Un procédé ſi rare & ſi galant,

(1) La plupart de nos anciens Chroniqueurs, prétendent que *Pâris*, fils de *Priam*, vint, après la deſtruction de Troye, s'établir dans les Gaules, & donna ſon nom à cette Capitale.

Je n'en sens pas moins vivement
Tout ce, qu'à ce titre, il m'inspire...
Mais attendu, qu'assurément,
Il ne suffit pas de le dire;
Permettez, que dans le moment....

La Nymphe, alors, faisant un mouvement,
Du côté de son secrétaire;
D'Orval, (c'est le nom de l'amant)
Soudain, se leve, & l'arrêtant :
Pardonnez, lui dit-il, ma chere;
Le devoir le plus important,
M'arrache à vous, dans cet instant!...
Mais si j'osais, sans vous déplaire,
Me flatter, que demain au soir,
Vous voulussiez me recevoir:
Nous vuiderions, en paix cette légere affaire,
Qui n'intéresse, en effet, que nous deux.
Très-volontiers, lui dit *Nérine.*
L'amant parti la belle, qui devine
A quel point il est amoureux;
Et plus franche que libertine,
Déja sentant quelque goût pour *D'Orval*,
Alors, chez elle sans rival,
Se trouva bientôt disposée
Comme *Ariane* pour *Thésée*,
A n'opposer aux vœux de ce galant,
D'autre résistance, qu'autant

Qu'une femme en doit à la gloire,
En se livrant à son penchant,
De faire, à l'homme aimable, estimer sa victoire.

„ Mais, flattez-vous, pauvres humains,
„ D'un bonheur, qui déja semble être dans vos mains!
„ Qui ne sait, par expérience,
„ Que dans les cas, même les plus certains,
„ Un rien souvent tourne la chance?"

Le lendemain, touchant à la félicité,
Dont la plus riante espérance
Depuis deux jours l'avait flâté;
D'Orval, au sein de la victoire,
Et sans en avoir profité,
Trouve le tombeau de sa gloire!

Nérine, qui ne saurait croire,
Après ce qu'il avait été,
Que l'on perdît sitôt toute réalité,
Croyant faire œuvre méritoire,
A recours à la volupté...
Mais, dût-elle à son aide appeller le grimoire,
Tout était dit!...
Et son *D'Orval*, pâle, interdit,
Qu'à se remettre, en vain, la belle exhorte,
En soupirant, gagne la porte,
Et sans rien entendre, s'enfuit.

Nérine, à mille attraits, réuniſſant encore,
La jeuneſſe d'*Hébé*, la fraicheur de l'aurore,
Des Grâces le corſage & le tendre ſouris,
A des yeux invitans, célébrés dans Paris;
Surpriſe autant qu'humiliée,
D'un manquement, que ſes appas,
Juſque là, ne connaiſſaient pas:
Nérine, en rêvant ſur ce cas,
Se croyait à peine éveillée!...
Elle y révait encor, lorſque le lendemain,
Dans une longue & triſte lettre,
Qu'à ſon lever, *D'Orval* lui fit remettre
Avec un précieux écrain,
Il déplorait ſon avanture;
Et tout entier à ſa douleur,
S'en prenant moins à la nature
Qu'à ſa tendre & trop vive ardeur,
Il finiſſait par ſupplier la belle
De n'être point aſſez cruelle
Pour accroître ſon déſeſpoir,
En refuſant à ſa flamme fidelle
Une revanche pour le ſoir.

Nérine bonne, vraie, & qui le croit ſincere,
D'autant qu'elle-même l'était;
Et qui, d'ailleurs, nullement ne doutait,
Que *D'Orval*, en effet, ne cherchât qu'à lui plaire;
Sur cette épitre, eſpérant tout

De

De cette ſeconde viſite,
Sans répugnance s'y réſout,
Et ſoudain, à ſouper l'invite.

„ Dieu des plaiſirs! entens les vœux
„ D'un vieux citoyen de Cythere,
„ Songe qu'ils ſont dignes tous deux,
„ De te plaire, ainſi qu'à ta mere;
„ Sois-leur propice... Et ſi tu veux
„ Que dans ton culte il perſévere,
„ Daigne enfin couronner leurs feux!

L'Opéra finiſſait à peine,
Qu'avec tête libre, cœur chaud,
Et ſes deux courſiers, hors d'haleine,
D'Orval, vient, monte, & de plein ſaut,
Tel que *Mars*, brûlant pour *Cyprine*,
Comme dans un fort, pris d'aſſaut,
Arrive au boudoir de *Nérine*.

Là, sûr de réparer ſes torts,
(Quels que ſoient les ſages efforts
Qu'oppoſe à tant de pétulance
La Nymphe, à qui de tels tranſports
Inſpirent moins de confiance)
L'impétueux triomphateur,
En écartant tous les obſtacles,
A l'objet de ſa digne ardeur,

Annonçait presque des miracles....
Quand tout à coup, (faut-il le dire, hélas!)
Au lieu du guerrier intrépide,
Qui dévorait tous ses appas,
La belle ne sent plus, ne voit plus dans ses bras,
Qu'un froid & mourant invalide.

A cette chûte d'action,
Nérine, qui ne voit dans un tel champion,
Quoique très-noble, en apparence,
Qu'une atroce dérision,
Et le comble de l'insolence,
Se dégage, sonne ses gens;
Et sur l'auteur de cette indigne offense,
Qu'elle augure choisi par de mauvais plaisans,
Prétend, du moins, signaler sa vengeance.

D'Orval, à qui l'excès de sa confusion
Semblait avoir enlevé l'existance,
Se doutant cependant de son intention,
Entre elle & la porte s'élance.
N'ajoutez pas, dit-il, à mon affliction:
Moins digne de votre colere,
Que de votre compassion,
Innocent à la fois, coupable & téméraire,
Avant de me juger indigne de pardon,
Ecoutez d'un ami sincere,
La naïve confession.

„ Nous avons dit que *Nérine* était bonne,
„ Quoique le cœur un peu hautain,
„ Quelquefois même un peu vif & mutin;
„ Et ces cœurs là, favent comme on pardonne.
Auffi la belle, auffitôt rabattant
Des noirs projets qu'avait conçus fon ame,
Et d'un autre œil le regardant:

Pour excufer, furtout près d'une femme,
Ou pallier, dit-elle, un cas fi révoltant,
Dût-on être plus éloquent
Que les Orateurs qu'on renomme,
Soit ou de la Grece ou de Rome,
J'augure qu'il faudrait un tout autre talent!...
Puifqu'il le veut, fachons pourtant,
(Ne fuffe au moins que pour m'inftruire)
Ce que *D'Orval* pourra me dire.

— Que ce *D'Orval*, fi coupable à vos yeux,
Quelque mépris qu'il vous infpire!
N'eft en effet... que malheureux!

— Sans doute, par fon imprudence,
(Pour ne pas dire un autre mot,
Qui rime, richement, en *ance*,
Et qui, felon toute apparence,
Peut ne lui convenir que trop?)

— Vous vous trompez... C'eft un autre défaut,

Chez moi, prefque auffi déplorable;
Et dont vous feule (hélas!) m'aviez paru capable
Non-feulement de me faire rougir,
Mais, qui plus eft, de me guérir,
Si j'avais été guériffable.

— Qu'entens-je?... Eh! quel eft donc ce fingulier défaut?...
Parlez?... Et fongez qu'il le faut...

— D'être efclave de l'habitude!...
— De l'habitude! — Hélas! Madame, c'eft le mot.

Apprenez, que touchant encore à la jeuneffe,
Séduit par les attraits d'une indigne maîtreffe,
Dont le cœur m'était inconnu;
En fa faveur fottement prévenu,
Et victime de mon ivreffe,
L'empire, que par fon adreffe,
Elle avait acquis fur mes fens,
[illegible] mes amis, mes parens,
Malgre, [illegible] au char de la traîtreffe,
M'enchaîna tellement [illegible]
Que les objets les plus [illegible] charmans,
Quoiqu'on me les vantât fans ceffe,
Me devinrent indifférens...
De là, mon crime, auprès de vous! — J'entens.
Pour vous fouftraire à fa puiffance;
Ou pour tenter quelque diverfion,

Par dépit, ou par goût, en cette occasion,
J'obtins de vous la préférence?...
C'est de ma part, sans doute, une obligation!

—Je vous l'ai dit : & si quelque autre
Avait paru plus aimable à mes yeux,
(Lui manquât-il un cœur tel que le vôtre)
Je n'aurais pas risqué de vous être odieux...
Pardonnez donc, plaignez un malheureux,
Qui déja trop courbé sous le poids de sa chaîne,
Ne pourrait supporter celui de votre haine?
Et cachant ma faiblesse aux frondeurs curieux,
Avec ce diamant, recevez mes adieux.

PETITS CONTES EPIGRAMMATIQUES.

LE RIVAL REDOUTABLE.

AHi! ahi!... Monsieur, que faites-vous?
(Criait une prude, en courroux)
Est-ce à mon doigt qu'il faut s'en prendre,
Si mon cœur de vous pense mal?

Je croyais, répondit *Silvandre*,
Mordre mon plus cruel rival.

VIVE LA FRANCHISE!

A Cette toiſon longue & noire,
Il faut la double épilatoire,
(Diſait *Roch*, à ſa belle...) Quoi!
Lui dit, bruſquement *Sigiſmonde*,
Prétendez-vous, de bonne foi,
Que j'offre à rire à tout le monde?

BELLE CONSOLATION!

UN lendemain de nôce, chez *Bertrand*,
Son gendre arrive, & lui dit, en jurant:
Parbleu! Monſieur, ſi la fille était neuve....
Autant valait que je priſſe une veuve;
Je l'aurais ſu, du moins, auparavant.
--- Sur un tel cas, *motus!* mon cher *Thélême*;
Car (entre nous) la mere était de même...
Et je l'avais pourtant priſe au couvent.

LE VOYAGEUR EMBARRASSÉ.

CHer Voyageur, point de courroux!...
Vous avez tout vu, dites-vous?
— Tout, & les antipodes même.
— Quoi! celles de Cythere auſſi?

— Où les placez-vous, cher *Thélême*?
— Demandez à monſieur *d'Arcy*.

LE MARI CONNAISSEUR.

LA nuit de ſon hymen nouveau,
Lubin, trouvant beſogne aiſée,
Criait, fêtant ſon épouſée:
„ Vit-on jamais pareil tuyau?
Tuyau, dit-elle, eſt d'un bon juge,
Car il n'y paſſa que de l'eau.
Corbleu! dit-il, Dame *Iſabeau*,
C'était donc celle du déluge.

L'EPOUSE TROP SINCERE.

COmment, petite Péronelle!
Vous, qu'on me donna pour pucelle,
Qui faiſiez tant valoir vos gands;
Fauſſe & trop précoce femelle,
Vous aviez pondu quatre enfans?
Ah! cher époux, s'écriat'elle,
Je jure, & j'atteſte les cieux,
Que je n'en fis jamais que deux.

IL AVAIT TORT.

UN soir que, sous un manteau gris,
J'arpentais les coins de Paris;
(C'était au décours de la lune.)
Fi donc ! me dit certain brutal:
Peut-on, à pied, chercher fortune,
Quand tout Cythere est à cheval ?

L'EMPLOI LE PLUS COMMODE.

ASSIS, & bâillant dans sa chaise:
N'est-il pas d'emploi, disait *Blaise*,
Qui produise écu sur écu,
Et sans rien faire m'enrichisse?
— Prens une charge de cocu;
La femme en a tout l'exercice.

LE CONFESSEUR INTELLIGENT.

LA jeune *Lise*, à Dom *Roch* déduisait
Sa peccadille; & très-bas s'accusait,
De l'air transi dont on confesse un crime,
Pour un galant, d'avoir eu de.... l'estime:
Vous avez eu, (lui dit le vieux Narquois)
De l'estime? – Oui ! – J'entends... Combien de fois?

LE

LE PIEUX DÉSINTÉRESSEMENT.

LIndor, chez *Deschamps*, bien reçu,
Présentait un petit écu.
A moi! L'écu? (dit la donzelle)
Faudrait n'avoir ni feu, ni lieu...
Fi! Je vais prendre, ajouta-t'elle,
L'avoir fait pour l'amour de Dieu.

LA PRÉSENCE D'ESPRIT,
CONTE.

AU tems jadis, où l'humaine folie,
Etait, dit-on, plus sotte qu'aujourd'hui;
Où l'on croyait n'être sûr de la vie,
Qu'aux dépens de celle d'autrui;
En tous pays, surtout en Italie,
Les têtes d'une faction,
Par intérêt, ou par crainte inhumaine,
Comme un bien de succession,
De génération à génération,
Léguaient leur vengeance & leur haine.

De ces *Guelphes* & *Gibelins*,
Deux races, dès longtems, en Espagne établies,
Après d'ans révolus cinq ou six centuries,

L

N'en étaient pas moins ennemies,
Lorsqu'un jeune *Guelphe*, surpris
Par les jeunes attraits & la taille divine
D'une charmante *Gibeline*,
Pour qui *Mars* eût quitté *Cypris*,
Loin d'elle, en frémissant, à fuir se détermine.

Inutile projet! Car déja trop épris,
En vain son ame se mutine
Contre le trait qui la domine;
Sûr de sa chûte, en vain, il veut la retarder:
L'Amour commande... Il faut céder.

De quel front cependant proposer le remede
Aux tourmens dont il gémissait,
Au sévere tuteur, dont son sort dépendait?
A l'Archevêque de *Tolede*,
Ame implacable, en qui contre tout *Gibelin*,
Toujours de ses ayeux fermentait le venin;
Et qui par ce neveu, sa derniere espérance,
Croyait de sa maison rétablir la puissance?...

C'était braver la foudre!... Et notre jeune amant,
Victime de l'épuisement
D'une lutte de cette espece,
S'acheminait au monument;
Quand l'oncle, instruit de sa faiblesse,
Crut ne pouvoir trop promptement,
Aux vœux que formait sa tendresse,

Accorder fon confentement;
Et dès là tout lecteur devine,
Quel bonheur goûta notre amant,
Dans les bras de fa *Gibeline*.

„ Dormez en paix, pauvres maris:
„ De vos exploits vantez la gloire;
„ Goûtez le prix d'une victoire,
„ Dont un autre, avant vous, cueillit les fruits!

Il ne fe doutait pas, le trop ardent *Fabrice*,
Que celle qu'il croyait novice
Au jeu d'amour qu'il lui montrait,
Depuis longtems, fous l'ombre du fecret,
D'un jeune *Gibelin* difcret,
En avait appris l'exercice.

Mais l'oncle, qui point ne dormait,
(Car la haine, qui toujours veille
De l'œil, ainfi que de l'oreille,
Sur la *Gibeline* veillait.)
Mais l'oncle, informé (Dieu fait comme)
Et très-pleinement convaincu,
Qu'à *Madrid*, fon pupile était auffi cocu
Qu'un autre pouvait l'être à Rome,
Regrettait d'avoir trop vécu.
Tremblant d'ailleurs, pour comble de difgrace,
Que fon antique & noble race,
Dont tout lui préfageait la fin,

Quoiqu'il projette, & quoiqu'il fasse,
De cet hymen, objet de son chagrin,
Ne recrutât qu'un *Gibelin*;
Le Prélat, fidele à sa haine,
Brûlant de prévenir un malheur trop certain,
N'épargnait rien pour obtenir enfin
Du crime de sa niece une preuve certaine.

C'est dans ces dispositions,
Que se rendant, un beau soir, chez la Reine,
En sa qualité d'Aumônier;
Dans le recoin d'un obscur escalier,
Croyant entrevoir une femme,
Que semblait, avec soin, cacher un Cavalier;
Le vieux Prélat s'approche: il reconnait la Dame:
Et bien sûr, que c'est elle, il passa, en se hâtant
De monter au Palais.
La coupable sentant,
S'il y parvenait avant elle,
Tout ce, qu'en cet instant, de cette ame cruelle,
Il fallait redouter! Par un secret détour,
Part, vole, en invoquant l'Amour;
Et malgré sa frayeur mortelle,
(Grace, sans doute, à ce divin appui:)
Gagne l'antichambre avant lui.

D'un mal soudain, alors, en prétextant l'atteinte,
Et mettant à profit son trop d'émotion,

Par plus d'une convulsion,
Rempliſſant l'aſſemblée & de trouble & de crainte,
On la croyait au moment d'expirer;
Quand, voyant l'Archevêque entrer:
Ah! Monſeigneur, s'écria-t-elle,
Prête à voir terminer mes jours,
En m'accordant votre ſecours,
Préſervez-moi, du moins, d'une mort éternelle.

A cet aſpect inattendu,
A ce propos, le Prélat confondu,
Sent, que, quelque en ſoit le myſtere,
Sans riſquer de ſe voir perdu
Dans l'eſprit indigné de ce monde éperdu,
Il ne peut refuſer ſon ſacré miniſtere....
Et la Dame, auſſitôt, ſe jettant à ſes pieds,
Preſque ſans voix, les yeux de pleurs baignés,
Lui dit: „Ecoutez-moi, mon pere?....

„Je ſais de quoi vous pouvez m'accuſer:
„Je ſens, de plus, combien je dois vous craindre;
„Et qu'au ſilence on ne peut vous contraindre,
„A moins que de s'en confeſſer....
„Eh bien, Seigneur, je m'en acquitte:
„En vous jurant, pourtant,
„Qu'en moi vous verrez dans la ſuite,
„Un cœur honnête & repentant".

Du Confeſſeur, à ce langage,

On présume, à peu près, quel fut le sentiment.
Mais ce que je sais davantage,
C'est, qu'à dater de ce moment,
La belle, aussi tendre que sage,
N'eut que son mari pour amant,
Et que bientôt, rongé par son ressentiment,
Le bon Prélat mourut de rage.

MA CONFESSION GÉNÉRALE.

Air : *Tes beaux yeux, ma Nicole.*

PEre, je vous confesse,
Quoiqu'assez débauché,
Que depuis ma jeunesse,
Je n'ai fait qu'un péché.
Oui, qu'un : daignez m'en croire...
Et pour avoir merci,
S'il vous en faut l'histoire :
Ecoutez.... La voici.

J'avais douze ans, à peine ;
Quand du besoin d'aimer,
Mon cœur, aux yeux d'*Ismene*,
Se sentit enflâmer.
Toute jupe, à cet âge,
Couvre mille agrémens :

Dès là, ſuivant l'uſage,
Une vieille eut mes gands.

✣

De là, ma bonne tante,
Me prenant en pitié,
Pour moi fut complaiſante,
A titre d'amitié.
De là, de belle en belle,
Promenant mon amour,
Pour qui fut infidelle,
Je le fus à mon tour.

✣

De la roſe naiſſante,
Les appas ſéduiſans,
En faveur d'*Eliante*,
Avaient ſurpris mes ſens.
Mais, hélas! cette belle,
A peine en ſon printems,
Pouvait être nouvelle,
Comme on l'eſt à trente ans.

✣

Un beau jour, à la foire,
Dans un ſaut périlleux,
Pour la jeune *Victoire*,
Je fus pris par les yeux;
Avec tout ce qui flâte,
L'objet était charmant:
Mais n'aimait qu'en pirate,
Ne penſait qu'en ſautant.

Trompé par ma fauteuſe,
Je fus quelques inſtans,
Martyr d'une joueuſe,
Qui n'avait pas vingt ans.
Unique! étrange fille!
La nuit, comme le jour,
Elle invoquait *Spadille*,
Quand j'implorais l'Amour.

✣

A la ſœur de *Dorante*,
Je m'offris, en tremblant:
Car elle était ſavante,
Et moi fort ignorant.
A l'Amour indocile,
La Dame oppoſait l'art;
Et me citait *Virgile*,
Quand je citais *Bernard*.

✣

Sur les pas de *Dorine*,
Voltigeaient les Amours:
Vive, gaie & mutine,
Je l'eus preſque trois jours.
Et perdant mon idole,
Sans trop ſavoir par où,
Pour la trouver trop folle,
J'étais encore trop fou.

D'une

D'une nouvelle flâme
L'objet jeune & charmant,
Semblait être tout âme,
Tout cœur, tout sentiment:
Mais la tendre *Silvie*,
Quoiqu'elle m'aimât bien,
Pour me sauver la vie,
N'eût pas fâché son chien.

✣

La petite *Princesse*,
En sa faveur avait,
Pour fixer ma tendresse,
Presque ce qu'il fallait.
Princesse était jolie,
Jeune, fringante.... Mais,
Jasait comme une pie,
Et n'écoutait jamais.

✣

La superbe *Amarante*,
L'idole de Paris,
Me choisit entre trente;
Moi-même en fus surpris!....
Heureux, nous le jurâmes,
Six fois, certain lundi.
Mais comptez sur les femmes?...
Je déplus le mardi.

Dans les fers de *Glycere*,
J'éprouvai même sort.
J'ignorais sa chimere,
Et qu'elle eût jamais tort.
Un jour, deux fois de suite,
(Indigne de pardon!)
Je l'avais contredite;
Et j'avais eu raison.

❖

La blancheur de l'albâtre,
Le minois de l'Amour,
Me rendaient idolâtre
De l'aimable *Du Tour*.
Que d'astuce, en ce monde,
Et quel fut mon dépit!...
Mes yeux la voyaient blonde:
Mon nez les démentit.

❖

De la prude *Araminte*,
Je sus toucher le cœur:
Mais, Ciel! que de contrainte,
Pour cacher notre ardeur!
Sa prudence équitable,
Me traitait, en tout lieu,
Chaque jour, comme un diable,
Chaque nuit, comme un Dieu.

Tout ce que la nature,
Sans le ſecours de l'art,
Peut ſur une figure,
Brillait chez la *Saint Far.*
Mais la froide ingénue,
N'aimait que mes préſens,
Et comme une ſtatue,
Recevait mon encens.

✣

De la grave *Cynare*,
J'encenſai les appas,
Mais elle était avare :
Je ne le ſavais pas.
Un matin, de nos flâmes,
L'aveu fut prononcé;
Le ſoir, nous nous brouillâmes,
Pour un verre caſſé.

✣

Un ſoir, que pour *Béliſe*,
Je ſignalais mes feux;
Je vis, avec ſurpriſe,
Le dégoût dans ſes yeux.
Je rendais reſponſable
D'un cas ſi peu commun,
Quelque rival aimable...
Ce n'en était point un!...

De l'incrédule *Hortense*,
Voulant fixer la foi,
J'offris l'expérience
D'un amant tel que moi.
Mais, Dieu d'Amour! quelle âme!
Et quel travail c'était!...
Plus je prouvais ma flâme,
Et plus elle en doutait.

✤

Certain soir, *Cléonice*,
Fiere de ses ayeux,
Dans un bal, par caprice,
Jetta sur moi les yeux.
Mais le cœur de la belle,
De tous honneurs jaloux,
Ne permettait chez elle,
De choix, que le dessous.

✤

Sous les loix d'*Erigonne*,
Rien n'égalait mes feux.
Elle était vive & bonne:
Je me croyais heureux.
Mais mon œil, trop sévere,
Dans ceux de ma *Vénus*,
Bientôt ne purent guere
Méconnaître *Bacchus*.

La vétilleuse *Elvire*,
Me prit pour un instant.
Juste Ciel! quel empire,
Pour un être pensant!
Un jour, à sa coëffure,
Un frison dérangé,
Après un long murmure,
Fit signer mon congé.

Jusque chez *Melpomene*,
Etendant mes exploits,
Une jeune *Chimene*
Se soumit à mes loix.
Elle en semblait ravie!...
Mais cet aimable objet
Jouait la Comédie,
Dont j'étais le sujet.

Quitte de mon Actrice,
En rendant grace aux cieux,
Certaine Cantatrice
Me donna dans les yeux.
Nulle empire de femme,
N'eut de plus dures loix:
Son esprit & son ame,
N'étaient que dans sa voix.

N'aimant rien que la table,
Les primeurs, & le vin,
Lise était adorable,
Surtout dans un festin.
Mais il fallait, sans cesse,
Epuisant mon cerveau,
Ranimer sa tendresse,
Par un ragoût nouveau.

✣

Une nouvelle gloire,
Piquant ma vanité;
Mon cœur, de sa victoire,
Fut bientôt dégoûté:
La langue de *Nyrême*,
Sans que rien l'arrêtât,
Me déchirait moi-même,
Quoiqu'elle m'adorât.

✣

Frappé d'une figure,
Qu'eut envié *Cypris*,
Je risquai l'aventure,
Mais quel en fut le prix?...
Mon obligeante *Omphale*,
Etait, dans tous les tems,
Comme une Cathédrale,
Ouverte à tous venans.

Sans plus croire à la mine,
Je vivais en reclus;
Quand je crus voir *Cyprine*,
Sous les traits de *Dartus*.
Apparence traîtresse!...
Cet objet si charmant,
Me chapitrait sans cesse,
Et même, en la fêtant!

CONCLUSION.

Après tant de disgraces,
Esclave du desir,
Et croyant plaire aux Grâces,
En payant le plaisir;
Vaincu par la victoire,
L'âge vint m'avertir,
Que de si courte gloire,
Naît un long repentir.

Ideo præcor, &c.

EPIGRAMMES.

LES AMANS DU JOUR.

Nircé dit qu'elle aime *Mondor*,
Et *Mondor* la suit à la piste.
Mais *Nircé* n'aime que son or;
Mondor, qu'à la voir sur sa liste.

CONSEIL D'AMI.

TOus les soirs, étant chaud de vin,
Damon, tu montres du courage:
Pour être estimé davantage,
Prens-en donc aussi le matin.

SUR LA CHASTE SUSANNE.

SI de de deux vieillards, un matin,
L'entreprise fut vaine,
Sur la jeune *Susanne*, au bain,
J'y souscrirai sans peine.
Mais, si moins âgés, à leurs feux
Elle eût mis même obstacle,
Les trouvant frais & vigoureux...
Je crierais au miracle.

ORAISON FUNEBRE.

S'IL est vrai, comme on le publie,
Qu'*Iris*, sans nulle maladie,
Soit morte, hier, subitement;
Pluton, pour punir quelque impie,
Avait besoin, probablement,
D'une quatrieme furie.

APOLOGIE DU SEXE.

Si d'une faute irréparable,
Eve rendit *Adam* coupable,
Son sexe l'excusait un peu.
N'était-il pas bien agréable,
De joindre le savoir de Dieu,
A la malignité du Diable?

DOULEUR LÉGITIME.

De deux Académiciennes,
Toutes deux moins tendres que vaines,
Sais-tu le secret désespoir?
L'une fond en larmes ameres,
D'avoir toujours ses.....aires;
L'autre, de ne plus les avoir.

A UNE VIPERE.

Par tes sarcasmes clandestins,
Seche & bavarde *Léonore*,
Cesse de me croire insulté:
Malédictions de catins,
(Dit certain Auteur, que j'ignore,)
Sont oraisons pour la santé.

JEU DE MOT.

C'Eſt en vain, beauté volage,
Qu'en mon depit éclatant,
Vous voulez que je ménage
Un ſexe trop inconſtant.
Non!... Je dirai tout, Madame,
Duſſiez-vous en murmurer :
Lorſque je ſuis ſur la femme,
Rien ne peut m'en retirer.

L'AMANT RAISONNABLE.

C*Laire* eſt pour moi, dans tous les tems,
Ma fleur, ma roſe, mon printems!...
Oui, *Claire* eſt de moi tant aimée,
Qu'au gré de mon ame charmée,
Si *Claire* n'aimait en cent lieux,
Je l'en aimerais cent fois mieux.

SUR LES COIFFURES A LA MODE.

TU me demandes la raiſon,
Pourquoi cette énorme toiſon,
Des femmes ſurcharge la tête?
Ami, je ſoupçonne, (entre nous)

Que c'eſt pour égaler leur crête,
Au panache de leur époux.

PORTRAIT RECONNAISSABLE.

DU *Therſite*, envieux & ſot,
Qu'a ſi bien peint *Homere*,
Au frere *Lubin* de *Marot*,
Joignez le caractere.
Et ſi, par un trait, mieux noté,
Vous le voulez connaître:
Sa moins mauvaiſe qualité,
C'eſt d'être un mauvais Prêtre.

MOTIF DE CONSOLATION.

V*Alere* eſt mort, & *Damis* eſt mourant!
(Diſait, hier, *Philinte*, en ſoupirant)
Conſole-toi, dit *Ariſte*, & pour cauſe:
L'un voulait être, & n'était pas grand'choſe.
L'autre, qui n'a (dit-on) que trop vécu,
Ne ſerait rien, s'il n'était point cocu.

APOLOGIE.

VÉgete en paix, blonde *Le Clair*,
Je ſoutiens ta querelle.

Quelle autre, sous un corps de fer,
Eut la taille plus belle?
Quelle autre (grace au vermillon)
Eut des couleurs plus franches?
Quelle autre, sous son cotillon,
Produit des fleurs plus blanches?

CONSEIL D'AMI.

BElle *Iris*, si vous donnez,
A *Dorilas*, votre bouche;
Bouchez, vîte, votre nez:
Ou bien, que le sien il bouche.

TRADUCTION LIBRE

du *Desinit in piscem, mulier formosa, &c.*

C'EST du sein des mers (nous dit-on)
Que nâquit *Cythérée*? ...
Voilà pourquoi le plus beau C**
Sent toujours la marée.

LA GRANDEUR EN DÉFAUT.

PAR le nom, le titre & le rang,
Chez *Théodate*, tout est grand:

Son pere, aux Grands même commande,
Tant par le cœur, que par l'esprit:
Son fils est grand, sa fille est grande;
Et chez lui seul, tout est petit.

LA CONTRE-PARTIE
du Couplet précédent.

PEtit jargon, petite mine,
Petit corsage, maigre échine,
Petit peton, petite main,
De sens-commun petite dose...
Chez la petite *Lise*, enfin,
Tout est petit... Hors quelque chose.

SUR LES FILLES SAINT THOMAS,
mes Voisines.

POurquoi donc, ces Religieuses,
Plus sottes encor que pieuses,
En sonnant, du matin au soir,
Font-elles damner tout le monde?
— En deux mots, tu vas le savoir:
C'est que leur corde est grosse & ronde.

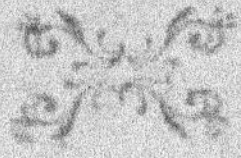

SUR LES MÊMES.

AMateurs de la sonnerie,
Accourez chez moi, je vous prie;
Des *Thomatistes* le couvent,
Pour me donner l'aubade entiere,
Me carillonnent par devant,
Les *Petits-Peres*, par derriere.

CONSEIL D'AMI.

GArde-toi de cette indolente,
Dont la voix tendre & séduisante,
Invite à la voir de plus près:
Mille amans ont fait sa devise;
Céphise ne fêta jamais;
Mais, qui voulut, fêta *Céphise*.

LA MORALE A LA MODE,
OU
LE NOUVEAU MOYEN DE PARVENIR.

Air: *de Blot.*

PAR un talent froid & vulgaire
Toi, qui, sans moyens, voudrais plaire,
Peintre, Poëte, ou Prosateur,

Avec femme, jeune & jolie,
Aidé de plus d'un protecteur,
Tu feras de l'Académie.

✣

Quelque soit le riant visage,
Qui d'un bon cœur offre l'image,
Compte assez peu sur tes amis;
Doute toujours des apparences:
Toujours pense à ce que tu dis;
Rarement dis ce que tu penses,

✣

Jeune Commis, à la barriere,
Longue sera votre carriere,
En rampant d'emplois en emplois.
Tâchez d'aborder la fermiere:
Reins d'*Hercule*, & joli minois,
A toute femme a droit de plaire.

✣

Maussade Abbé, dont l'ignorance
Est égale à la suffisance,
Conçois enfin qu'un plat sermon,
Ajoute encore à ta sottise.
Offre ta cousine à *Cléon*:
Je te vois Prince de l'Eglise.

✣

Petite dévote sucrée,
Quittez cet air de mijaurée,

Congédiez Pere *Firmin*;
Levez les yeux jusqu'à la crosse:
Avant qu'il soit Pâques prochain,
Je vous promets un bon carosse.

✤

Pauvre & courageux militaire,
Qui n'aspires qu'après la guerre,
Pour cesser d'être Lieutenant:
Fais ta cour à la vieille *Ismene*,
Signale un service constant:
Tu seras bientôt Capitaine.

✤

Ignorez-vous, paillarde *Lise*,
Que vous êtes sous la remise?...
En obligeant le genre humain;
Avec prudence & même zele,
Si vous êtes pauvre catin,
Vous serez riche maquerelle.

✤

Petit blondin, pour quel grand crime,
De tes remords faible victime,
Plus sot encor que pénitent,
Veux-tu t'enterrer à la Trappe?
Vole à Rome, & sois complaisant,
Nous pourrons, un jour, te voir Pape.

✤

A ceux d'où dépend ton bien-être,
Garde-toi de laisser connaître,

Soit

Soit ou de bouche, ou par écrit,
Que tu crains leur cœur ou leur tête.
Avec ceux qui font de l'esprit,
Tâche toujours d'être bien bête.

❖

Sans crédit & fans chalandife,
Point de fuccès en marchandife;
Pour mettre à fec tes magazins,
Et voir ta boutique remplie,
Ne vends qu'au prix de tes voifins·
Mais prends femme jeune & jolie.

❖

Toi, qui, d'un protecteur illuftre,
Prétends tirer profit ou luftre;
Dis à quelque indifcret ami:
Que c'eft par lui que l'on t'eftime.
S'il fait des vers, que c'eft à lui,
Que très-fouvent tu dois la rime.

❖

En bonne mere de famille:
„ J'expire; embraffe-moi, ma fille,
(Difait *Pernelle*, à *Catinon.*)
„ Adieu!... Surtout, qu'il te fouvienne,
„ Que le profit eft toujours bon,
„ Même de quelque part qu'il vienne".

❖

Prudent cocu, dont le filence
Croit fixer chez toi l'abondance,

Pour *Chloé* ne sois pas moins doux,
Mais, pour arrondir tes affaires,
Affecte d'en être jaloux :
Tu doubleras ses honoraires.

✣

Je sens, *Damis*, à quoi t'engage
L'espoir d'un riche mariage,
Quoique, sans noblesse & sans bien ;
Mais pour plaire à ton *Isabelle*,
S'il est au monde un sûr moyen :
C'est d'être plus avare qu'elle.

✣

Prodigue du bien de tes peres,
Pour remettre en pied tes affaires,
Damis, il ne te reste plus
Qu'une ressource, toujours sûre :
Si tu veux rappeller *Plutus*,
Fais un doigt de cour à *Mercure*.

✣

Pour flatter la sourde faiblesse,
Des sots, que tout mérite blesse,
Des critiques jusqu'aux auteurs,
Franchissant la distance extrême,
Fronde jusqu'aux plus grands faiseurs ;
On te croira faiseur toi-même.

✣

Vénus croit que sous son empire,
Doit tomber tout ce qui respire,

Loin d'encenser, en jeune oison,
Bélise, à qui tout rend les armes;
Veux-tu la mettre à la raison:
Feins d'être insensible à ses charmes.

✣

Entre deux rivaux en musique,
Si de juger *Chrysor* se pique;
Quelque puisse être son avis:
Son goût seul doit être le nôtre.
Dis, & fais dire à tes amis:
„ Lauriers à l'un, chardons à l'autre.

✣

Jeune marchand de *mitridate*,
Sans pâlir sur ton *Hypocrate*,
Devine & préviens les besoins
Des vieilles filles amoureuses;
Et surtout consacre tes soins
Aux douairieres vaporeuses.

✣

Le plaisir conduit la jeunesse,
Et l'amusement la vieillesse
Si tu veux même, en cheveux gris,
Voyager encore à Cythere;
Aux jeunes nymphes de Paris,
Promets beaucoup, & ne tiens guere.

Faute d'un peu de complaiſance,
Damon perdit la riche *Hortenſe*;
On ne vit plus que ſes défauts.
Chez la plus laide & la plus belle,
Pour l'emporter ſur vos rivaux,
Penſez, voyez, parlez comme elle.

✤

Gentille mine de poupée,
Qui, pour avoir été trompée,
Trompez ſi gaîment les trompeurs;
Songez que, par eſprit de ſuite,
Pour vendre encor cher vos faveurs,
Il n'eſt plus que d'être hypocrite.

✤

A peine ſorti de la fange,
S'il eſt ſenſible à la louange,
Donne à *Midas* tous les talens.
Ne crains pas qu'il s'en formaliſe:
Quelque groſſier que ſoit l'encens,
Il plaît toujours à la ſottiſe.

✤

Pourſuis, jeune & volage *Iſmene*,
Manque, au moins, ſept fois la ſemaine,
A ton vieil & faible nigaud.
Feins toujours d'en être jalouſe:
En le traitant comme un maraud,
Tu ſeras bientôt ſon épouſe.

Avec noire & vive prunelle,
Ninon, vous avez la peau belle,
Et vous boitez ?... Autre bonheur!
Laissez-vous tomber, vers la brune,
Sous les yeux d'un riche amateur;
Je garantis votre fortune.

✣

Si de la niece ou de la tante,
La grosse fortune te tente,
Tàche de plaire à toutes deux;
Et toujours ferme dans ton rôle,
Tant que ton choix sera douteux,
Tire parti de la plûs folle.

✣

Que partout où *Plutus réside*;
Ton seul intérêt soit ton guide,
Et dispose de ton encens.
Pour exciter la bienfaisance,
Chez les sots & les bonnes-gens,
Célebre la reconnaissance.

✣

A deux richards si tu veux plaire,
Au vieux *Grippon* vante Cythere,
A *Martin*, la religion:
Et sans que rien gêne ton ame,
Sois Moliniste avec *Cléon*,
Et Jansëniste avec sa femme.

Dans quelque trame criminelle,
Si jamais le besoin t'appelle,
Mais t'offre, trop douteusement,
Ou la fortune, ou les supplices;
Si tu crains pour l'événement,
Vole, & dénonce tes complices.

CONCLUSION.

Ami, rends grace au pédagogue;
Qui t'offre un triple décalogue,
Où nul fruit ne t'est défendu.
Avec une regle si sage,
Sois sûr, si tu n'es point pendu,
D'être, un jour, un grand personnage.

DÉLIRES
ET
DÉBAUCHES D'ESPRIT.

Innocuos Censura potest permittere lusus.
MART.

TRÈS-HUMBLE REQUÊTE

Du bon Monsieur *Philinte*, aux Demoiselles des Chœurs-Dansans de l'Opéra.

Air : *L'avez-vous vu, mon bien aimé, &c.*

Vous, qui charmez par vos attraits,
Le fat & le jocrisse,
Et qui, sous vos appas secrets,
Couvez la chaude.....!
Lestes tendrons, fringans & doux,
Elle est, sans doute, parmi vous?...
Donnez-la moi;
Je la reçoi :
De vous tout doit me plaire.

Donnez-la moi,
Je la reçoi,
Et saurai bien qu'en faire.

MINEUR.

Si de moi vous la receviez,
Dieu sait comme vous gronderiez,
Me honniriez,
Me péririez!
De vous j'aime bien mieux la prendre,
Et sans m'en vanter, la rendre.

Au Majeur.

Vous, qui charmez, &c.

A MONSIEUR LE CHEVALIER DE BOUFFLERS,

Qui se plaignait d'être accusé de peu de sensibilité, par l'Auteur des trois Ages de la Littérature.

Air : *De Blot.*

LE plus beau don de la nature,
Loge au dessous de la ceinture,
Depuis quinze, jusqu'à trente ans.
Il gagne le cœur à quarante:
Et pour nous rendre encore enfans,
Il grimpe à la tête à cinquante.

Ris

Ris, donc, *Boufflers*, de la critique
D'un juge, souvent trop caustique,
Puisque tu sais par quel moyen
Ce qui te manque est infaillible?...
Lorsque tu b..deras moins bien,
Tu seras beaucoup plus sensible.

DOUTES MYTHOLOGIQUES,
Historiques, *Physiques*, &c.

Air : *Nous sommes précepteurs d'amour*, &c.

QUand *Jupin*, d'*Europe* amoureux,
En taureau, crut plaire à la belle;
Pour couronner de si beaux feux,
Comment fit-il? Comment fit-elle?

✥

Quand *Neptune*, pour mettre à mal,
Une Déesse, jeune & belle,
Prit la forme d'un grand cheval?
Comment fit-il? Comment fit-elle?

✥

Polyphème, en poussant à bout
Galathée, à ses vœux rebelle;
Si ce géant l'était partout;
Comment fit-il? Comment fit-elle?

P

A Dame *Elisabeth*, (1) en rut,
Essex, voulant prouver son zele ;
Pour tout c.., ne trouvant qu'un cul,
Comment fit-il ? Comment fit-elle ?

✤

Quand *Louis Treize*, mal bandant,
A son épouse, encor pucelle, (2)
Après vingt ans, fit un enfant ;
Comment fit-il ? Comment fit-elle ?

✤

Près de la Reine, en pamoison,
Mazarin, pour guérir la belle,
N'ayant jamais tâté du c.. ;
Comment fit-il ? Comment fit-elle ?

✤

Quand le vieux *Louis* (3) culbuta
Maintenon, vierge (disait-elle),
Car toujours *Scarron* la rata ;
Comment fit-il ? Comment fit-elle ?

✤

Quand, pénétré de ses vertus,
Ayant épousé sa donzelle,
Damis (4) trouva *Cléon* dessus ;
Comment fit-il ? Comment fit-elle ?

---

(1) Reine d'Angleterre.
(2) Reine de France.
(3) Louis XIV.
(4) Le Comte D'H....

Lorsque l'Esp... S... engrossa
De *Jo*.... l'épouse fidelle ;
Si les esprits n'ont point de ça,
Comment fit-il? Comment fit-elle ?

LES PRÉTENTIONS,

ROMANCE DRAMATIQUE.

Air : *Monsieur le Prévôt des Marchands.*

PROLOGUE.

DANS ce siecle, très-singulier,
Du Bedeau jusqu'au Marguillier,
De *Bastide* jusqu'à *Voltaire*,
De *Poinssinet* jusqu'à *Buffon*,
De *Chloé* jusqu'à sa grand'mere,
Tout vise à la prétention.

(*Par exemple.*)

Le cœur, le cul, le c..., le v...,
Disputaient sur le pied d'un lit :
Chacun vantait ses droits, son titre.
Après grande altercation,
On prit la tête pour arbitre
De cette contestation.

Sans moi, messieurs, leur dit le cœur,
Vous seriez tous trois sans vigueur.
Plus flasques, sans moi, que des outres,
Attendant les dons de *Bacchus*,
On ne verrait que des Jean-f......,
Et l'on compterait les cocus.

✣

Quiconque en ce monde a vécu,
(D'un ton ronflant, répond le cul)
Sait ce que perdrait la tendresse,
Quelque chaud que fût le desir,
Si je n'allais que d'une fesse,
Quand je mene l'homme au plaisir.

✣

Tu m'assourdis, mon gros garçon,
(D'un ton pincé, lui dit le c..)
A mes autels, le plus farouche
Suivrait les mortels enchaînés,
Si, trop communément, ta bouche
N'était pas trop près de mon nez.

✣

En haussant la crête & la voix:
Paix! (dit le v.., d'un air grivois)
Le cœur est plus bête que tendre,
Le cul parle un peu trop souvent,
Et le c.., toujours prêt à prendre,
Sans moi, ne prendrait que du vent.

Réparateur du genre humain,
De moi seul dépend son destin.
Canailles! apprenez à craindre
Votre pere & votre vainqueur...
Et si la tête ose s'en plaindre,
On pourra lui foutre malheur.

✣

Tout beau! superbe fanfaron,
(Lui replique, en bâillant, le c..,)
Sois plus poli dans la dispute:
Rabaisse cet air conquérant;
Sans quoi, je vais, dans la minute,
Te rendre plus souple qu'un gand.

✣

Pour mettre fin à ce débat,
La tête, en grave magistrat,
Dit: si nul ne prétend rabattre
De ses hautes prétentions,
Pour mieux les établir, tous quatre,
Retournez à vos fonctions.

QUESTION PHILOSOPHIQUE,

decidée par Mlle. ARNO...

Air: *Du Cap de bonne Espérance.*

QUEL de mon sexe, ou du vôtre,
En amour est plus constant?

Tout décide pour le nôtre,
Me dit *Sophie*, à l'instant.
En consultant la nature,
La preuve en est claire & sûre:
L'un n'est pas toujours tendu,
Et l'autre est toujours fendu.

COUPLET

Sur une partie quarrée, qui dura vingt-quatre heures, & toujours gaiement.

Air : *Du haut en bas.*

C'Est à Saint Cloud,
Séjour de *Pomone* & de *Flore*,
C'est à Saint Cloud,
Qu'Amour boit, & que *Bacchus* f...:
Et si le retour de l'aurore,
Trouve ces Dieux, vrais Dieux encore,
C'est à Saint Cloud.

A BON CHAT, BON RAT.

Pour deux grelots, dont ton v.. se décore,
(Dit *Rosalie*, au *Daron* qu'elle abhorre)
T'es-tu flatté de l'emporter sur moi?
Quel f..tu titre!... apprens, lourde pécore,

Qu'hier au soir, ce matin même encore,
J'en avais deux au cul, tout comme toi.

APOLOGIE
DU BON TEMPS PASSÉ.

Air : *Tes beaux yeux, ma Nicole, &c.*

AU tems de nos ancêtres,
Amoureux & dévots,
Deux beaux yeux étaient maîtres
De créer des héros ;
L'amour n'allait guère outre
Les bornes du desir :
On jouissait sans f.... ;
Nous f...... sans jouir.

L'IVROGNE CONSÉQUENT.

UNE nuit du Vendredi-Saint,
Deux francs Bourguignons, sans lanterne,
Quittant, à regret, la taverne,
Où tous deux, depuis le matin,
Avaient sablé maintes chopines :
Ah ! (s'écria, l'un) tu clopines,
Compere?... Tu me fais trembler !...

--- L'ami, ne crains pas que je tombe:
Mais, le jour même où Dieu ſuccombe,
Un mortel peut bien chanceller.

MON GOUT.

JE me f... du qu'en-dira-t-on:
Que m'importe à qui ſoit le c...
Que la femme ſoit riche ou gueuſe,
Sous la plume ou le bavolet;
J'en aime toujours la porteuſe,
Pourvu qu'il ſoit ſain, ſec & net.

RAPPORT SINGULIER.

ENTRE *Pierrot* (1) & *Cicéron*,
On trouve une comparaiſon;
Tous les deux, quoique exempts de crimes,
(Grace aux catins!) furent victimes:
Cicéron, d'un *Triumvirat*,
Et *Pierrot* (2), d'un *Triumconat*.

(1) Nom de ſociété de l'Auteur.

(2) De trois de *nos ſœurs*, devenues prudes, & affichant la dignité, auxquelles la bonne franchiſe Picarde du pauvre *Pierrot* n'avait pas eu l'honneur de plaire.

SUR

SUR UNE IMPRUDENCE DE MAD.***.

Air : *Stila qu'ia pincé Bergopsom.*

SI par un geste, à tous les yeux,
Prudine a découvert ses feux :
C'est que, souvent chez la moins bête,
Le cul l'emporte sur la tête.

CONSEIL A MA COUSINE

Air : *Du haut en bas.*

IL faut gratter,
Quand cela par trop vous démange,
Il faut gratter,
Chloé, comment y résister ?
Fussiez-vous chaste comme un ange,
Si le doigt en rien ne se change,
Il faut gratter.

IL A RAISON!

JE viens de le faire neuf fois,
(Disait un jeune Mousquetaire.)
--Chansons! -- Je prouve : avec *Roch*, trois,
Paul, quatre, & deux avec mon frere....
J'étais la femme ; & voilà le mystere.

L'ORIGINE DU PLAISIR.

Air : *Depuis que j'ai vu Lisette.*

L'Eternel, en créant l'homme,
N'avait point créé l'amour,
C'est en digérant la pomme,
Qu'*Adam* lui donna le jour.
Quand sa femme & lui goûterent
Ce plaisir inattendu,
Dieu sait comme ils s'écrierent :
Vive le fruit défendu !

BOUQUET A UNE MARIE.

Air : *Tu croyais, en aimant Colette.*

Voici mon Bouquet, belle amie ;
Il serait plus digne de vous,
Si vous pensiez comme *Marie*,
Et qu'un *Joseph* fût votre époux.

A UN JALOUX,

Motifs de consolation.

Même air.

O Toi, qui prétens de nos belles,
Dans ce maudit siecle être aimé !

Apprens, qu'on ne trouve chez elles,
Que c.. ouvert, & cœur fermé.

Quand, fous toi, déguifant fa flâme,
Cloris invoque fon amant;
Pourvu que la belle fe pâme,
C'eft toi qui l'es dans ce moment.

LE BON MONSIEUR PHILINTE.

Vous voudriez favoir pourquoi,
Je boude un peu ma *Sigifmonde?*
La belle dit, n'aimer que moi,
Et le fait avec tout le monde.

C'EST TOUJOURS ÇA.

Air : *de Blot.*

Quand, pour certain acte profane,
Les fens d'un Grand-Duc de Tofcane (*)
A fes defirs fe refufaient;
Pour le confoler & lui plaire,
Ses valets pour lui le faifaient,
Et le vilain les voyait faire!

(*) Le dernier de la Maifon d'*Eft*.

CHUTE D'ACTIONS.

Ciel ! (criait *Lison*, toute en feu)
Qui peut ainsi troubler mon somme ?
Comme il débute ! ... Ah ! c'est un Dieu ...;
Comme il finit ? Ce n'est qu'un homme.

SUR UNE JEUNE ET AIMABLE JUIVE.

Cette Sunamite charmante
Dont l'air séduisant nous enchante,
Aux graces de *Jacob*, pere de sa Tribu,
Joint ailleurs, dit l'Amour, les graces d'*Esaü*.

C'EST UNE EXCUSE !

SAvez-vous, pourquoi *Glycere*,
Qu'on vit si douce autrefois,
Aujourd'hui, dévote & fiere,
Nous prêche d'austeres loix ?
Pourquoi : loin qu'Amour la touche,
Près d'elle il est importun ? ...
C'est que, chez elle, une couche,
De deux trous n'en a fait qu'un.

L'INCRÉDULE.

QUAND de la résurrection
Tu prêches le mystere,
C'est prouver ma soumission,
Pasteur, que de me taire.
De ses effets (dit-on) sur toi,
Ma tante n'est pas neuve:
Cependant, ta niece, sur moi,
En cherche en vain la preuve.

SUR MA TANTE.

Air: *Sainte Modeste.*

SAinte *Conassé*,
Après avoir été
Trente ans bagasse,
Prêche la chasteté.
C'est pourtant sans regret,
Car le zele discret
Du Pere *Boniface*,
En console en secret,
Sainte *Conassé*.

MIRACLE!

Air : *des Trembleurs d'Isis.*

LISE, ton zele est unique,
Mais fût-il apostolique,
Crois-tu, d'un vieil hérétique
Brusquer la conversion ?...
Mais, pour elle, quelle gloire !...
Amis, chantez sa victoire ;
Déja *Lise* me fait croire
A la Résurrection.

NUNC DIMITTIS.

JE mourrai, désormais content :
A la médisante *Nicole*,
(Grace au bon Dieu !) j'ai fait présent,
D'un enfant... Et de la v...le.

BONNE CONCLUSION.

Air : *Ton humeur est, Catherine.*

AMI, tu prétens que *Flore*,
Ne devrait plus m'enflâmer ?...
Mais puisque je b..de encore,

Elle peut encor m'aimer.
Car pour plaire, ſans jeuneſſe,
S'il peut être un moyen ſûr :
C'eſt d'avoir pour ſa maîtreſſe,
Le cœur tendre, & le v.. dur.

RÉPONSE A MLLE***.

EN quoi differe, ami, me dit, un jour, *Lucile*,
Le ſentiment, de la ſenſation ?
— L'un, dans le cœur établit ſon azile ;
L'autre, dans la culotte, & ſous le cotillon.

SUR MON TAILLEUR, nommé *BOUTON*.

Air : *Nous ſommes précepteurs d'amour*, &c.

MON Tailleur, jaloux de ſon nom,
Diſait, à ſon heure derniere :
Sur mon tombeau, mettez *Bouton*,
A côté de ſa boutonniere.

EPITAPHE DE M***.

ICI gît, qui frondant & le trône & l'autel,
Ne prêchait que les mœurs, & mourut au bordel.

QUELLE INJUSTICE!

Air : *Tu croyais, en aimant Colette.*

SAis-tu pourquoi *Lison* me boude?...
Je lui mis, hier, dans le cû,
Mon petit doigt, jusqu'au coude,
Sans qu'elle s'en fût apperçu.

LA RÉSURRECTION.

DIEUX! je me meurs!... j'expire de plaisir!
(Criait *Jeannot*, dans les bras d'*Isabelle.*)
Pousse, *Jeannot*... Tout bon chrétien, dit-elle,
Pour ressusciter, doit mourir.

LA PROPRETÉ MONACHALE.

Air : *de Blot.*

F..., dis-je, à *Don Roch*, dans *Bruxelles*,
F..., femmes, veuves & pucelles...
Si le c.. n'a vu le bidet,
Mon v.. ne saurait passer outre.

Tirez, dit-il, Frere *Propret* :
Moi, je les lave avec du f......

BOUTS

BOUTS NON RIMÉS,

Proposés pour une Epitaphe.

CI gît qui lorsqu'il vit faire . . . *un*,
Au jeu qui ne se fait qu'à . . . . *deux*,
Alla, très- lestement à . . . . . . *trois*,
Puis, avec du tems, jusqu'à . . . *quatre*.
Un jour, qu'il avait compté . . . *cinq*,
Et voulant pousser jusqu'à . . . . . *six*,
Depuis cinq heures jusqu'à . . . . *sept*;
Un Grand-Carme, qui passait . . . *huit*,
Pourvu que le tendron fût . . . . *neuf*,
Sur lui chanta, *De profun* . . . . *dis*.

Priez Dieu pour son ame.

SONGE PHILOSOPHIQUE.

Air : *du Prévôt des Marchands.*

EN rêvant, l'une de ces nuits,
Je vis un champ, couvert de v...,
Gros, longs, tous présentant les armes.
Mais, ô prodige! il plut des c...,
Et bientôt dans nos fiers Gendarmes,
Je ne vis que des limaçons.

En parcourant les champs voisins,
J'en vis un, couvert de c..ins.
Il plut des v...; à l'instant même,
Cherchant ces tendres cornichons,
A peine éclos... Surprise extrême!
Je ne trouvai que des manchons.

SUR UN NON-CONFORMISTE.

Même air.

CE goût, par *Cléon* si vanté,
Par la Grece & l'Antiquité,
Le rend cher aux Prélats de Rome.
C'est, dit-on, sur leurs documens,
Qu'il prétend rebâtir Sodome,
Et qu'il en est aux fondemens.

CONSEIL D'AMI.

Air : *des Triolets.*

NE prens pas un c... le matin,
Donne-toi la peine d'attendre.
Car rarement il sent le thin,
Le c... que l'on prend le matin.
Aussi, disait monsieur *Patin*,
„ C'est le soir que j'aime à les prendre".
Ne prens pas, &c.

PEINE PERDUE!

AH! gardez vos ſecrets pour d'autres (dit *Clarice*,
Un lendemain de nôce, à ſa vieille nourrice).
J'eus beau pleurer, prier, crier, ſerrer la cuiſſe;
Mon époux était ſourd, & rien ne l'arrêtait:
Le monſtre était chez moi, ſans que je le ſentiſſe,
Et je criais encore, alors qu'il en ſortait.

A M. DE LA B***.

Au nouvel an.

POUR mon ami *B... gerais*,
Moins chaſte qu'un Archange,
Ciel! daigne entendre mes ſouhaits:
„ Qu'il b...., comme il mange.

SUR MLLE. *D****.

Air : *Tu croyais, en aimant Colette.*

TU t'étonnes que *Liſe* f....,
En tous lieux, du ſoir au matin?...
Sa mere, en la faiſant, ſans doute,
Se rappellait ſon Arétin.

A la Mere de cette même Lise.

Même air.

Quoi! même en cessant d'être femme,
Tu n'en es que plus *fille* encor?
Chloé, pour cesser d'être infâme,
Attens-tu les ans de *Nestor*?

L'INDIFFÉRENT SUR LES PRÉMICES.

Après avoir eu ses trois sœurs,
A peine au printems de leur âge,
Damis, qui d'erreurs en erreurs,
De finir par le mariage
Avec la coquette *Myrthé*,
Un beau jour, se trouvait tenté.

Ami, lui dit un narquois personnage,
A défaut de virginité,
Même à défaut de pucelage,
On peut (dit-on) encor trouver la volupté?

De pucelage?... En vérité,
(Répondit l'autre avec gaîté)
C'est un fruit trop vert pour un sage;
Dès longtems j'en suis dégoûté!

FADEUR.

Air : *du Confiteor*.

IRIS, plus belle que l'Amour,
S'eſt dévouée à ſon ſervice.
Elle va, douze fois le jour,
Lui faire un tendre ſacrifice :
Un lit, & quatre *Hercules* frais,
Sont ſa voiture & ſes relais.

ENCOURAGEMENT AMICAL.

LA maman de ta digne *Hortenſe*,
En vain, aux loix de la décence,
Dès ſon jeune âge l'aſſervit.
Oſe : la plus fiere Matrone,
A toujours vu, nous dit *Pétrone*,
De tres bon œil un bon gros v.. (*).

(*) *Videntque magnam Matronæ mentulam, libenter.*

L'ORIGINE DU PET.

Romance de carnaval.

F*Lore* & *Zéphire* s'aimaient bien,
Tout le monde sait leur histoire :
Un autre Dieu, qui ne vaut rien,
A les troubler mettait sa gloire.
C'était le fougueux *Aquilon*,
Qui, près de *Lubin*, fait de *Lise*,
Sans trop respecter la chemise,
Souvent voler le cotillon.

Un jour, que le gros brutal vit
Nos deux amans prêts à bien faire ;
Dans le transport qui le saisit,
Gonflé d'envie & de colere,
Faute de place pardevant,
Il gronde, souffle ; & notre belle,
De l'autre part, quoique pucelle,
Se voit bientôt pleine de vent.

L'Amour, planant sur ce vallon,
Voyant la Déesse éperdue,
Le ventre enflé comme un ballon,
Succomber au mal qui la tue,

L'endoctrine secrettement :
Et bientôt, un air de trompette,
Qu'à haute voix, l'écho répette,
Lui donne un plein soulagement.

✣

Zéphire, effrayé de ce bruit,
Mais soudain, plus surpris encore,
Fait la grimace, vole & fuit
Les parfums que répand sa *Flore*...
„ Amour ! daigne m'entrelacer
„ Dans les bras de l'objet que j'aime :
„ Et dusse être *Aquilon* lui-même,
„ Vois si rien pourra m'en chasser !

LA PREUVE D'AMOUR LA PLUS VRAIE.

Air : *des Triolets.*

JE l'aime encor quand il est fait,
Ce doux compliment d'amourette !
C'est des plaisirs le plus parfait,
Je l'aime encor quand il est fait.
Aussi, pour toi, chere *Babet*,
Pierrot jamais trop ne répette :
Je l'aime encor quand il est fait,
Ce doux compliment d'amourette !

FIN.

ERRATA.

PAGE 5, ligne 4, *retranchez* être.
Page 96, ligne 7, *retranchez* de.

TABLE

Des Pieces contenues dans ce volume.

Le Pont de Gargantua. Page 3.
Le Bouquet du Procureur. 7.
Charlot. 11.
Le jugement difficile. 14.
L'heure du Berger. 20.
La légende de St. Gengoule. 22.
Discussion théologiq. 31.
L'oiseau de Vénus. 33.
Les Amours bien logés. Romance. 35.
La Vengeance agréable. 36.
Les reliquaires. 37.
Bérengier. Conte. 41.
La tête de Brochet. 47.
Politesse naturelle. 51.
La bonne mere. 52.
Le Roi Poëte & repentant. 53.
La fourrure du Curé. 55.
Le gendre du Pape. 57.
Belle conversion! 58.
La Niaise. ibid.
La Réparation Normande. 59.
Don Jayme & Elvire. 60.
L'Amour Médecin. 66.
Les fonds toujours sûrs. Conte. 67.
Le Curé laconique. ibid.
La jeune mere. 68.
Les aveux mutuels. ibid.
La force de l'habitude. Conte. ibid.
Le rival redoutable. 77.
Vive la franchise. 78.
Belle consolation. ibid.
Le voyageur embarassé. ibid.
Le mari connaisseur. 79.
L'épouse trop sincere ib.
Il avait tort. 80.
L'emploi le plus commode. ibid.
Le Confesseur intelligent. ibid.
Le pieux désintéressement. 81.
La présence d'esprit. ib.
Ma confession générale. Chanson. 86.
Les amans du jour. 95.
Conseil d'ami. 96.
Sur la chaste Susanne. ib.
Oraison funebre. ibid.
Apologie du sexe. 97.
Douleur légitime. ibid.

TABLE.

A une vipere. 97.
Jeu de mot. 98.
L'*amant raisonnable.* ib.
Sur les Coëffures. ibid.
Portrait connaissable 99.
Motif de consolation. ib.
Apologie. ibid.
Conseil d'ami. 100.
Traduction libre. ibid.
La grandeur en défaut. ibid.
La contre-partie. 101.
Sur les filles St. Th. ibid.
Sur les mêmes. 102.
Conseil d'ami. ibid.
La morale à la mode. ib.
Très-humble requette du bon M. Philinte. 111.
A Mr. le Chevalier De Bouffiers. 112.
Doutes mytholog. 113.
Les prétentions. 115.
Quest. philosophiq. 117.
Couplet sur une partie quarrée, &c. 118.
A bon chat, bon rat. ib.
Apologie du bon temps passé. 119.
L'*ivrogne consequent* ib.
Mon goût. 120.
Rapport singulier. ibid.
Sur une imprudence. 121.
Conseil à ma cousine. ib.
Il a raison. ibid.
L'*origine du plaisir.* 122.
Bouquet à une Marie. ib.
A un jaloux. ibid.
Le bon M. Philinte. 123.
C'est toujours ça. ibid.
Châte d'actions. 124.
Sur une Juive. ibid.
C'est une excuse. ibid.
L'*incrédule.* 125.
Sur ma tante. ibid.
Miracle. 126.
Nunc dimittis. ibid.
Bonne conclusion. ibid.
Réponse à Mlle. 127.
Sur mon Tailleur. ibid.
Epitaphe de M. ibid.
Quelle injustice! 128.
La Resurrection. ibid.
La propreté monach. ib.
Bouts non rimés. 129.
Songe philosophiq. ibid.
Sur un non conform. 130.
Conseil d'ami. ibid.
Peine perdue. 131.
A M. de la B. ibid.
Sur Mlle D. ibid.
A la mere, &c. 132
L'*indifférent.* ibid.
Fadeur. 133.
Encouragement. ibid.
Origine du pet. 134.
La preuve d'amour. 135.

Fin de la Table.

www.ingramcontent.com/pod-product-compliance
Lightning Source LLC
LaVergne TN
LVHW020318230826
846091LV00003B/720